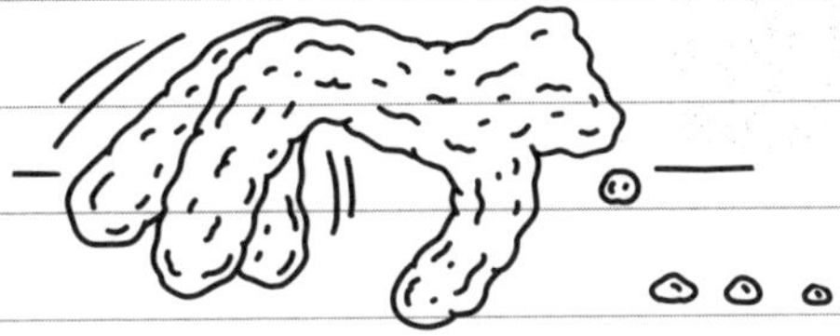

HET LEVEN van een LOSER

EEN HONDENLEVEN

door Jeff Kinney

De Fontein

Boeken over Bram:
Het leven van een Loser (deel 1)
Vette pech! (deel 2)
Bekijk het maar! (deel 3)
Een hondenleven (deel 4)
Jouw leven als Loser

Schrijf je in voor de nieuwsbrief via
www.hetlevenvaneenloser.nl

www.graphic-novels.nl

Tweede druk, 2012

Oorspronkelijke titel: *Diary of a Wimpy Kid Dog Days*
Verschenen bij Amulet Books, een imprint van Abrams, New York

Voor deze uitgave:
© 2012 Uitgeverij De Fontein, Utrecht
Vertaling: Hanneke Majoor
Omslagafbeelding en illustraties: Jeff Kinney - Wimpy Kid, Inc.
Omslagontwerp en grafische verzorging: Hans Gordijn

ISBN 978 90 261 3236 0
NUR 283, 284

VOOR JONATHAN

JUNI

Vrijdag

Voor mij betekent zomervakantie eigenlijk drie maanden lang gezeur aan mijn kop.

Omdat het mooi weer is verwacht iedereen dat je de hele dag buiten bent, aan het 'lol maken' of zo. En als je níét iedere seconde buiten bent, denken ze dat er iets mis is met je. Maar eerlijk gezegd ben ik altijd meer een binnenmens geweest.

Ik breng mijn vakantie het liefst gamend voor de tv door, met de gordijnen dicht en het licht uit.

Helaas heeft mijn moeder heel andere ideeën over de perfecte zomervakantie dan ik.

Mam zegt dat het 'onnatuurlijk' is als een kind binnen zit terwijl de zon schijnt. Ik leg haar dan uit dat ik mijn huid wil beschermen zodat ik er niet zo rimpelig uitzie als zij als ik oud ben, maar dat wil ze niet horen.

Mam blijft maar proberen om me naar buiten te krijgen, naar het zwembad of zo. Maar ik heb aan het begin van de vakantie bij Theo aan het zwembad gelegen en dat pakte niet zo goed uit.

De ouders van Theo zijn lid van een golfclub met zwembad, en toen de vakantie begonnen was gingen we daar elke dag heen.

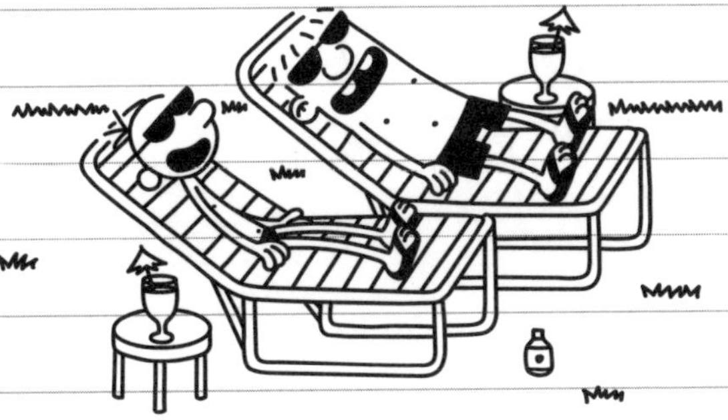

Toen maakten we de fout om Trista uit te nodigen, een meisje dat net in onze buurt was komen wonen. Ik vond het behoorlijk aardig van ons dat we ons luxe golfclubleventje met haar wilden delen. Maar eenmaal aan het zwembad sloeg ze binnen vijf seconden een badmeester aan de haak en vergat ze ons totaal.

Ik heb mijn lesje wel geleerd: sommige mensen zullen zonder aarzelen misbruik van je maken, zeker als er een golfclub in het spel is.

Nou ja, ik en Theo waren toch beter af zonder zo'n meisje om ons heen. We zijn op het ogenblik allebei single en in de zomer kun je maar beter ongebonden zijn.

Een paar dagen geleden merkte ik dat de service op de club wat minder begon te worden. Soms was de temperatuur in de sauna een paar graden te hoog, en één keer vergat de ober bij het zwembad zo'n parapluutje in mijn smoothie te doen.

Ik meldde al mijn klachten bij Theo's vader. Maar om de een of andere reden heeft meneer Thorbecke ze nooit doorgegeven aan de manager.

Dat is best raar. Als ik moest betalen om lid van een golfclub te zijn, zou ik zeker willen weten dat ik waar voor mijn geld kreeg.

Hoe dan ook, een paar dagen later zei Theo dat ik niet meer mee mocht naar zijn zwembad en dat vind ik PRIMA. Ik blijf veel liever thuis, daar heb ik airconditioning en daar hoef ik niet bij iedere slok te checken of er geen bij in mijn blikje fris drijft.

Zaterdag

Zoals ik al zei: mam probeert me steeds zover te krijgen dat ik met haar en mijn kleine broertje Max meega naar het zwembad. Maar het probleem is: mijn familie is geen lid van de golfclub, wij gaan naar het GEMEENTEbad. En als je eenmaal hebt genoten van het luxe golfclubleventje, kun je er maar moeilijk aan wennen om weer een gewone sukkel in het gemeentebad te zijn.

Trouwens, ik heb mezelf vorig jaar bezworen dat ik daar nooit meer naartoe zou gaan. In het gemeentebad moet je door de kleedkamers naar het zwembad en dat betekent dat je ook langs de douches komt, waar volwassen mannen zichzelf in het openbaar staan in te zepen.

Mijn eerste tocht door de herenkleedkamer van het gemeentebad was een van de meest traumatische ervaringen van mijn hele leven.

Ik heb geluk dat ik niet blind ben geworden. Serieus, ik snap niet waarom pap en mam de moeite nemen om me tegen horrorfilms en dat soort dingen te beschermen als ze me wel blootstellen aan iets wat duizend keer erger is.

Ik wou dat mam ophield met dat gezeur over het zwembad, want ik krijg iedere keer beelden in mijn hoofd die ik juist heel hard probeer te vergeten.

Zondag

Oké, nu blijf ik ZEKER de hele zomer binnen. Mam had gisteren een 'huisvergadering' belegd om te vertellen dat we te weinig geld hebben om naar zee te gaan dit jaar, dus we gaan niet op vakantie.

DAT is echt balen. Ik keek deze zomer voor het eerst UIT naar die strandvakantie. Niet omdat ik dol ben op de zee en het zand en al die onzin, want dat is niet zo. Ik heb allang door dat de oceaan de wc is van alle vissen en schildpadden en walvissen van de hele wereld. En blijkbaar ben ik de enige die zich daar druk om maakt.

Mijn broer Rick vindt het leuk om me te pesten want hij denkt dat ik bang ben voor de golven. Maar ik zweer het je, daar heeft het niks mee te maken.

Hoe dan ook, ik keek echt uit naar onze vakantie aan zee omdat ik dit jaar voor het eerst lang genoeg ben om in de Schedelschudder te gaan. Dat is een gave attractie op de boulevard. Rick is al minstens honderd keer in de Schedelschudder geweest, en hij zegt dat je jezelf pas een man mag noemen als je daar een ritje in hebt gemaakt.

Mam zegt dat we volgend jaar misschien weer naar het strand kunnen als we 'elke cent omdraaien'. En toen zei ze dat we toch nog een heleboel leuke dingen konden doen met z'n vijven en dat we op een dag hierop terug zouden kijken en denken: dat was de beste zomer ooit.

Oké, nu heb ik dus nog maar twee dingen om naar uit te kijken deze vakantie. Het ene is mijn verjaardag, en het andere de dag waarop de laatste strip van 'Klein Schatje' in de krant staat. Ik weet niet of ik dit wel eens eerder heb verteld, maar 'Klein Schatje' is de ergste strip aller tijden. Om je een idee te geven – dit stond vandaag in de krant:

Maar weet je wat nou zo raar is: al haat ik 'Klein Schatje', ik móét die strip gewoon lezen, net als pap. We vinden het blijkbaar leuk om te zien hoe slecht hij is.

'Klein Schatje' bestaat al minstens dertig jaar en wordt gemaakt door een vent die Bob Post heet. Ze zeggen dat Klein Schatje gebaseerd is op Bobs zoon toen die nog klein was.

Maar nu het echte Kleine Schatje groot is geworden, kan zijn vader natuurlijk niks nieuws meer bedenken.

Een paar weken geleden kondigde de krant aan dat Bob Post met pensioen gaat en dat de laatste 'Klein Schatje' in augustus in de krant staat. Vanaf dat moment strepen ik en pap de dagen tot de laatste strip af.

Als 'Klein Schatje' voor het laatst verschijnt moeten we maar een feestje geven, want zoiets moet je echt vieren.

Maandag

Over 'Klein Schatje' denken ik en pap dan wel hetzelfde, maar er zijn nog genoeg dingen waarover we ruziemaken. Op dit moment hebben we vooral mot over mijn slaappatroon. In de zomer blijf ik graag de hele nacht op om tv te kijken en te gamen en daarna slaap ik lang uit. Maar pap wordt chagrijnig als ik nog steeds in bed lig als hij thuiskomt van zijn werk.

De laatste tijd belt pap me tussen de middag op om te kijken of ik wel wakker ben. Dus leg ik de telefoon naast mijn bed en antwoord met mijn beste klaarwakker-stem als hij belt.

Ik denk dat pap jaloers is dat hij naar zijn werk moet terwijl wij de hele dag kunnen relaxen.

Maar als hij daar knorrig van wordt, dan moet-ie maar leraar worden, of op een sneeuwschuiver gaan rijden, of een ander baantje nemen waarbij je 's zomers vrij hebt.

Mam maakt zijn humeur er ook niet beter op. Ze belt hem elke dag wel vijf keer op zijn werk met allerlei nieuwtjes van het thuisfront.

Dinsdag

Pap heeft mam voor Moederdag een nieuwe camera gegeven en de laatste tijd maakt ze heel veel foto's. Ze voelt zich natuurlijk schuldig dat ze onze fotoalbums niet goed heeft bijgehouden.

Toen mijn oudere broer Rick een baby was, had mam het nog helemaal onder controle.

De eerste keer dat Rick doperwtjes eet

De tweede keer dat Rick doperwtjes eet

Ricks eerste stapjes

Boem!

Toen ik er eenmaal was kreeg mam het vast te druk, want vanaf dat ogenblik zitten er een boel gaten in onze officiële familiegeschiedenis.

Welkom in de wereld Bram

Bram mag mee naar huis

Brams 6e verjaardag

Bram naar de brugklas

Nou ja, ik ben er toch al achter dat fotoalbums geen exacte weergave zijn van de gebeurtenissen in je leven. Toen we vorig jaar aan het strand waren, kocht mam een stel schelpen bij de souvenirwinkel en later zag ik dat ze die in het zand stopte zodat Max ze kon 'vinden'.

Ik wou maar dat ik het niet had gezien, want ik ging mijn hele kindertijd anders bekijken.

Bram is dol op schelpen zoeken!

Vandaag zei mam dat ik er 'harig' uitzag, dus ik moest mee naar de kapper.

Maar ik had nooit ja gezegd als ik had geweten dat we naar de Sensationele Schoonheidssalon gingen waar mam en oma allebei HUN haar laten knippen.

Hoewel, ik geef toe, dat hele schoonheidsgebeuren viel erg mee. Ten eerste hangen er overal televisies, dus je kunt gewoon tv-kijken terwijl je op je beurt wacht.

Ten tweede hebben ze er stapels roddelbladen, van die bladen die je altijd ziet bij de kassa in de supermarkt. Mam zegt dat die bladen vol leugens staan, maar ik heb er heel belangrijke dingen in gelezen.

Oma koopt altijd roddelbladen, ook al vindt mam dat niet goed. Een paar weken geleden nam ze de telefoon niet op, dus mam werd ongerust en reed naar oma's huis om te kijken of alles goed met haar was. Er was niks aan de hand met oma, maar ze nam de telefoon niet op omdat ze er iets over had gelezen.

Maar toen mam vroeg waar ze die onzin vandaan had, zei oma:

Oma's hond, Henry, is pasgeleden doodgegaan en sindsdien weet ze niet wat ze met haar tijd aan moet. Dus mam heeft tegenwoordig veel van dit soort akkefietjes op te lossen.

Iedere keer dat mam roddelbladen vindt bij oma, neemt ze ze mee naar huis en gooit ze ze in de vuilnisbak. Vorige week viste ik er één uit en nam hem mee naar mijn kamer.

Ik ben blij dat ik dat gedaan heb, want ik weet nu dat Europa binnen zes maanden onder water zal staan. Dat maakt de druk om goed te presteren op school een heel stuk minder.

Ik moest lang wachten in de schoonheidssalon, maar dat vond ik niet erg. Ik heb mijn horoscoop gelezen en foto's gezien van filmsterren zonder make-up, dus ik heb me goed vermaakt.

Toen ik eenmaal geknipt werd, ontdekte ik wat het allerleukste is aan de kapper. De RODDELS. De vrouwen die er werken hebben over bijna iedereen in het dorp wel iets te kletsen.

Helaas kwam mam me ophalen midden in een verhaal over meneer Peper en zijn nieuwe vrouw, die twintig jaar jonger is dan hij.

Ik hoop maar dat mijn haar snel groeit, zodat ik terug kan om de rest van het verhaal te horen.

Vrijdag

Ik denk dat mam er spijt van begint te krijgen dat ze me laatst mee naar de kapper heeft genomen. De dames daar hebben me laten kennismaken met soaps en nu ben ik eraan verslaafd.

Gisteren zat ik midden in een soap en toen zei mam dat ik de tv uit moest zetten en iets anders moest gaan doen. Ik zag wel dat het geen zin had om in discussie te gaan, dus ik belde Theo en vroeg of hij langs wou komen.

Toen Theo er was gingen we rechtstreeks naar Ricks kamer, in de kelder. Rick is weg, spelen met zijn band Folle Luyer, en ik vind het leuk om tussen zijn spullen te snuffelen als hij er niet is: kijken of ik nog iets interessants kan ontdekken.

Deze keer was het beste wat ik in Ricks rommella vond een van die sleutelhangers die je aan het strand kunt laten maken.

Als je erin kijkt, zie je een foto van Rick met een of ander meisje.

Ik weet niet hoe Rick aan die foto komt, want ik heb elke vakantie met hem doorgebracht en als ik hem met DAT meisje had gezien, was ik haar echt niet vergeten.

Ik liet de foto aan Theo zien, maar ik moest de sleutelhanger goed vasthouden, want hij werd er nogal hebberig van.

We spitten nog wat verder en vonden een horrorfilm onder in Ricks la. Wat een mazzel! We hadden allebei nog nooit een echte horrorfilm gezien, dus dit was echt een vondst.

Ik vroeg mam of Theo mocht blijven slapen, en ze zei ja. Ik vroeg het speciaal terwijl pap er niet bij was, want pap vindt het maar niks als er 'doordeweeks' iemand blijft logeren.

Vorig jaar zomer bleef Theo een keer logeren en toen sliepen we in de kelder.

Ik zorgde ervoor dat Theo het dichtst bij het verwarmingshok sliep, want daar krijg ik de rillingen van. Als er midden in de nacht iets uit dat hok zou komen, dan pakte dat eerst Theo en had ik vijf seconden voorsprong om te ontsnappen.

Rond 1.00 uur 's nachts hoorden we iets in het verwarmingshok wat ons de stuipen op het lijf joeg.

Het klonk als een klein spookmeisje of zoiets en het zei:

Ik en Theo trapten elkaar bijna dood in onze haast om de keldertrap op te komen.

We stormden de kamer van pap en mam in en zeiden dat het spookte in ons huis en dat we meteen moesten verhuizen.

Pap leek niet overtuigd. Hij ging naar de kelder en liep regelrecht het verwarmingshok in. Ik en Theo bleven op drie meter afstand.

Ik wist zeker dat pap daar niet levend uit zou komen. Ik hoorde wat geritsel en gebonk en stond klaar om ervandoor te gaan.

Maar een paar seconden later kwam hij naar buiten met een speelgoedje van Max, een pop die Victor Verstoppertje heette.

Gisteravond wachtten ik en Theo tot pap en mam in bed lagen en keken toen naar de film. Eigenlijk was ik de enige die keek, want Theo had de HELE tijd zijn ogen en oren bedekt.

Het was een film over een modderige hand die in het hele land mensen vermoordt. En de laatste die die hand ziet, is altijd het volgende slachtoffer.

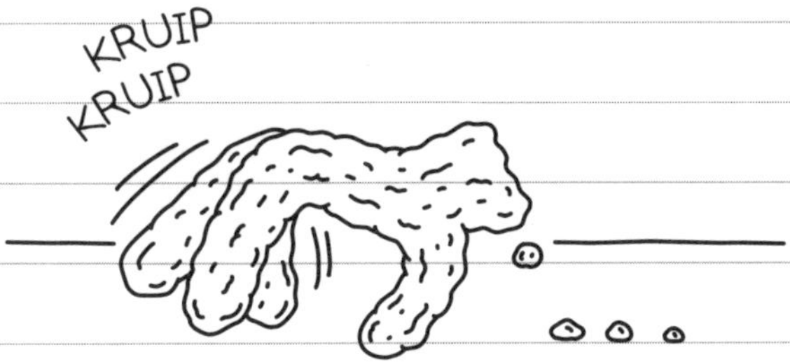

De special effects waren echt waardeloos en ik was niet eens bang. Tot op het allerlaatst, toen kwam de truc.

Toen de modderige hand het laatste slachtoffer had gewurgd, kroop hij recht op het scherm af. En toen werd het scherm zwart. Eerst was ik in de war, maar toen begreep ik wat het betekende: het volgende slachtoffer, dat was IK.

Ik deed de tv uit en beschreef de film toen van begin tot eind aan Theo.

Nou, dat heb ik vast heel goed gedaan, want Theo werd nog banger dan ik.

Deze keer kon ik niet naar pap en mam gaan, want als die erachter kwamen dat we naar een horrorfilm hadden gekeken, zou ik absoluut huisarrest krijgen. Maar we voelden ons ook niet meer veilig in de kelder, dus zaten we de rest van de nacht boven in de badkamer. Met alle lichten aan.

Ik wou alleen dat het ons was gelukt om de hele nacht wakker te blijven, want wat pap 's morgens aantrof was geen fijn gezicht.

Pap wou weten wat er aan de hand was en ik moest het wel bekennen. Pap vertelde het aan mam, dus ik krijg nog te horen hoelang dat huisarrest gaat duren. Eerlijk gezegd maak ik me meer zorgen over die modderige hand dan over de straf die mam gaat bedenken. Welke straf dan ook.

Maar ik heb er even over nagedacht en ik bedacht ineens dat een modderige hand in één dag niet al te ver kan komen.

Dus hopelijk heb ik nog even te leven.

Dinsdag

Gisteren kreeg ik een preek van mam over jongens van mijn leeftijd die te veel gewelddadige films kijken en te veel gamen en dat we niet meer weten wat het is om ECHT plezier te hebben.

Ik hield me gedeisd, want ik wist niet precies waar ze met die preek naartoe wilde.

Toen zei mam dat ze een 'leesclub' wilde beginnen voor de jongens uit de buurt, zodat ze ons kon laten zien welke geweldige literatuur we allemaal misliepen.

Ik smeekte mam om me in plaats daarvan een normale straf te geven, maar ze gaf niet toe.

Dus vandaag was de eerste bijeenkomst van de Lezen Is Leuk Club. Ik had medelijden met al die jongens die van HUN moeder moesten komen.

Ik was wel blij dat mam Sproet niet had uitgenodigd, een raar joch dat verderop in de straat woont, want de laatste tijd doet hij nog vreemder dan normaal.

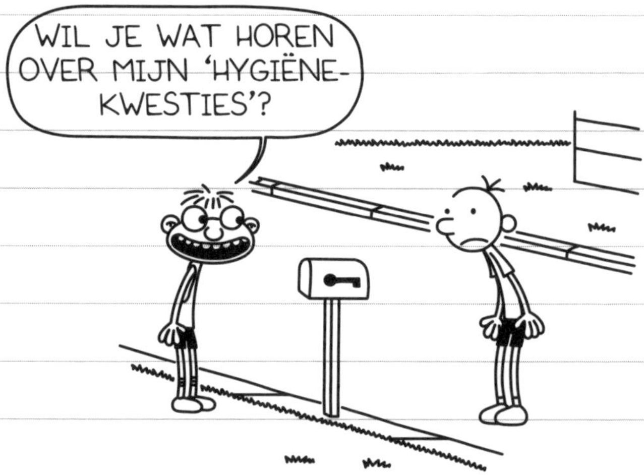

Ik begin te denken dat Sproet misschien wel gevaarlijk is, maar gelukkig komt hij de hele zomer zijn tuin niet uit. Zijn ouders hebben vast een elektronisch hek of zoiets.

Hoe dan ook, mam had iedereen gevraagd om zijn lievelingsboek mee te nemen zodat we er één uit konden zoeken om over te praten. Dus al die lui legden hun boek op tafel en iedereen leek tevreden met de verzameling, alleen mam niet.

Mam zei dat de boeken die wij hadden meegenomen geen 'echte' literatuur waren en dat we moesten beginnen met de 'klassiekers'.

Toen haalde ze een stel boeken tevoorschijn die ze vast had bewaard van toen ze ZELF een kind was.

Dat zijn precies de boeken die we van de leraren op school moeten lezen.

Ze hebben er zelfs een systeem voor bedacht: als je in je vrije tijd een 'klassieker' leest, krijg je als beloning een sticker van een hamburger of zoiets.

Ze denken toch niet dat we daarin trappen? In de winkel koop je een vel met honderd stickers voor vijftig cent.

Ik weet niet eens zeker wat een boek nou een 'klassieker' maakt, maar ik denk dat het minstens vijftig jaar oud moet zijn en dat er aan het eind een mens of een dier moet doodgaan.

Als we haar boeken niet leuk vonden, zei mam, dan konden we wel een tripje naar de bieb maken en daar een boek uitzoeken waar we allemaal akkoord mee waren. Maar voor mij gaat dat niet werken.

Kijk, toen ik acht was heb ik een keer een boek geleend in de bieb en daarna ben ik het helemaal vergeten. Ik vond dat boek een paar jaar later achter mijn bureau en bedacht dat ik waarschijnlijk een paar duizend euro boete zou moeten betalen.

Dus ik stopte het boek diep weg in een doos vol oude strips en daar ligt het nu nog. Ik ben daarna nooit meer in de bieb geweest, maar ik weet zeker dat ze me staan op te wachten als ik er OOIT nog kom.

Ik word zelfs al zenuwachtig als ik zo'n bieb-mevrouw ZIE.

Ik vroeg mam of we zelf nog een keer een boek uit mochten zoeken en dat mocht. Morgen komen we weer bij elkaar en dan nemen we de nieuwe boeken mee.

Woensdag

Nou, de Lezen Is Leuk Club heeft een flinke klap gekregen. De meeste jongens van gisteren zijn ermee gekapt, en nu hebben we nog maar twee leden.

Theo had twee boeken meegenomen.

Ik had het negende deel van de serie 'Magick & Monsters: Duistere Domeinen' uitgezocht. Ik dacht dat mam het goed zou vinden omdat het best dik is en er staan geen plaatjes in.

Maar mam vond mijn boek niet leuk. Ze zei dat ze de tekening op de voorkant niet goed kon keuren omdat die een verkeerd beeld geeft van vrouwen.

Ik heb 'Schaduwdoem' al gelezen en ik kan me niet herinneren dat er ook maar één vrouw in het verhaal voorkomt. Ik vraag me zelfs af of de ontwerper van de kaft het boek wel heeft GELEZEN.

Hoe dan ook, mam zei dat ze vetorecht had als oprichter van de Lezen Is Leuk Club en dat zij een boek zou uitkiezen. Ze koos een boek dat 'Charlottes Web' heet en dat er precies zo uitziet als die 'klassiekers' waar ik het eerder over had.

Eén blik op de voorkant zegt genoeg. Ik garandeer je: óf het meisje óf het varken haalt het eind van het boek niet.

Vrijdag

Nou, de Lezen Is Leuk Club heeft nu nog maar één lid en dat ben ik.

Theo ging gisteren golfen of zoiets, dus hij liet me stikken. Ik had mijn leesopdracht niet gedaan en ik had er echt op gerekend dat hij me eruit zou redden tijdens de bijeenkomst.

Ik kon er trouwens niks aan doen dat ik mijn leesopdracht niet af had. Mam stuurde me gisteren naar mijn kamer om twintig minuten te lezen, maar ik vind het gewoon moeilijk om me lang achter elkaar te concentreren. Echt waar.

Mam betrapte me terwijl ik aan het dollen was en toen mocht ik geen tv kijken voor ik het boek had uitgelezen. Dus moest ik gisteravond wachten tot zij in bed lag voor ik mijn shot vermaak kon halen.

Maar ik moest ook steeds aan die film met de modderige hand denken. Ik was bang dat die hand onder de bank vandaan zou kruipen en mijn voet zou pakken als ik zo laat op de avond helemaal alleen voor de tv zat.

Dat probleem heb ik opgelost door een spoor van kleren en andere spullen te maken, van mijn slaapkamer naar de woonkamer.

Zo kon ik naar beneden en weer terug naar boven komen zonder één keer de vloer aan te raken.

Pap struikelde vanochtend over een woordenboek dat ik boven aan de trap had laten liggen en nu is hij kwaad op me. Maar ik heb liever een boze vader dan het alternatief, dat kan ik je wel vertellen.

En nu heb ik weer een nieuwe angst: dat de hand mijn bed op kruipt en me in mijn slaap te pakken neemt. Dus leg ik de dekens helemaal over me heen, met alleen een gaatje om adem door te halen.

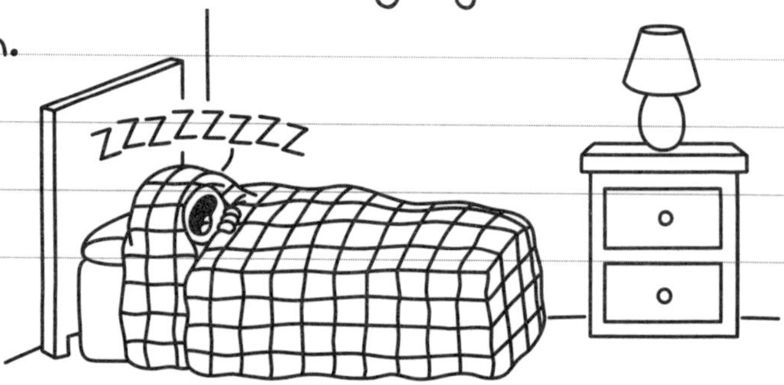

Maar die strategie brengt weer zijn EIGEN risico's met zich mee. Vandaag kwam Rick mijn kamer in, en ik had de hele morgen nodig om de smaak van vuile sokken uit mijn mond te spoelen.

Zondag

Vandaag moest ik de eerste drie hoofdstukken van 'Charlottes Web' uit hebben. Toen mam erachter kwam dat ik nog niet klaar was, zei ze dat we aan de keukentafel gingen zitten tot ik ze uit had.

Een halfuurtje later werd er op de voordeur geklopt. Het was Theo. Ik dacht dat hij misschien weer terugkwam bij de Lezen Is Leuk Club, maar toen ik zijn vader zag wist ik dat er iets mis was.

Meneer Thorbecke had een officiële brief bij zich met het logo van de golfclub erop. Hij zei dat het de rekening was voor al die fruitsmoothies die ik en Theo in het clubhuis hadden besteld. Het totale bedrag kwam op zestig euro.

Steeds als ik en Theo drankjes bestelden in het clubhuis, zetten we die op de rekening van meneer Thorbecke. Niemand had ons verteld dat alles ook echt BETAALD moest worden.

Ik begreep nog steeds niet wat meneer Thorbecke nu bij MIJ thuis kwam doen. Hij is architect of zoiets, dus als hij zestig euro nodig heeft, ontwerpt hij toch gewoon een extra gebouw? Maar hij praatte met mam en ze vonden dat ik en Theo die rekening zelf moesten betalen.

Ik zei tegen mam dat ik en Theo nog maar kinderen zijn en dat we echt nog geen salaris hebben, of een carrière of zoiets. Maar mam zei dat we dan maar een 'creatieve' oplossing moesten bedenken. En toen zei ze dat de Lezen Is Leuk Club maar even moest wachten tot we onze schulden hadden afbetaald.

Eerlijk gezegd ben ik wel opgelucht. Want op dit moment vind ik alles best, als ik maar niet hoef te lezen.

Dinsdag

Ik en Theo hebben gisteren de hele dag zitten bedenken hoe we die zestig euro terug kunnen betalen. Theo zei dat ik gewoon geld moest pinnen om zijn vader terug te betalen.

Theo denkt dat ik rijk ben, vandaar. Een paar jaar geleden kwam Theo in de kerstvakantie bij me langs en toen was het wc-papier op. Wij gebruikten toen zolang van die kerstservetten tot pap weer boodschappen ging doen.

Theo zag die servetten aan voor een soort luxe wc-papier en vroeg of we rijk waren. Die kans om indruk te maken liet ik natuurlijk niet lopen.

Hoe dan ook, ik ben dus NIET rijk, dat is het probleem. Ik probeerde te bedenken hoe iemand van mijn leeftijd aan geld kon komen en toen wist ik het opeens. We konden een bedrijf in gazononderhoud beginnen.

En dan heb ik het niet over een dertien-in-een-dozijn grasmaaiservice, maar over een bedrijf dat het begrip gazononderhoud naar een heel nieuw niveau tilt. We besloten ons bedrijf V.I.P. Gras Service te noemen.

We belden die lui van de Gouden Gids op en zeiden dat we wilden adverteren. En dan niet met zo'n piepklein tekstje, maar met een grote kleurenadvertentie over twee hele bladzijden.

En nu komt het: die mensen van de Gouden Gids zeiden dat zo'n advertentie wel een paar duizend euro ging kosten.

Ik zei dat ik dat heel onlogisch vond, want hoe kun je nou voor zo'n advertentie betalen als je nog helemaal geen geld hebt verdiend?

Ik en Theo snapten wel dat we het anders moesten doen: we moesten zélf reclame maken.

Ik bedacht dat we gewoon flyers konden maken en die dan bij iedereen in de buurt door de brievenbus konden gooien. We hadden alleen een plaatje nodig om ons op weg te helpen.

Dus we gingen naar de buurtwinkel en kochten zo'n kaart die vrouwen elkaar voor hun verjaardag sturen.

We scanden hem in op Theo's computer en plakten foto's van onze EIGEN hoofden op de lijven van die mannen.

Daarna plakten we er nog wat plaatjes van internet bij, van tuingereedschap en zo. We printten alles uit en ik moet zeggen dat het er geweldig uitzag.

Ik begon te rekenen en dacht dat het ons minstens een paar honderd euro aan kleurencartridges zou kosten om genoeg flyers voor de hele buurt te maken. Dus vroegen we aan Theo's vader of hij naar de winkel wou gaan om alles te kopen wat we nodig hadden.

Meneer Thorbecke trapte er niet in. Hij zei zelfs dat we zijn computer niet meer mochten gebruiken en niks meer mochten printen.

Dat verbaasde me wel, want als meneer Thorbecke wil dat we hem terugbetalen, dan maakte hij het ons zo niet bepaald gemakkelijk. Maar we konden niks anders doen dan met onze ene flyer zijn werkkamer uit gaan.

Toen gingen ik en Theo langs de deuren om iedereen onze flyer te laten zien en te vertellen over de V.I.P. Gras Service.

Toen we een paar huizen gedaan hadden, bedachten we dat het veel makkelijker zou zijn om de bewoner van het volgende huis te vragen om de flyer door te geven. Dan hoefden ik en Theo niet meer te lopen.

Nu kunnen we rustig achteroverleunen en wachten tot de telefoontjes binnenstromen.

Donderdag

Ik en Theo zaten gisteren de hele dag te wachten, maar er werd niet één keer gebeld.

Ik begon me al af te vragen of we voor de volgende flyer een kaart moesten zoeken met nog gespierdere mannen erop. En toen, om 11.00 uur vanmorgen, belde mevrouw Blikveld, die bij oma in de straat woont. Haar gras moest gemaaid worden, maar ze wilde eerst referenties.

Ik heb oma wel eens geholpen met de tuin, dus ik belde haar op om te vragen of zij mevrouw Blikveld wilde vertellen wat een harde werker ik ben.

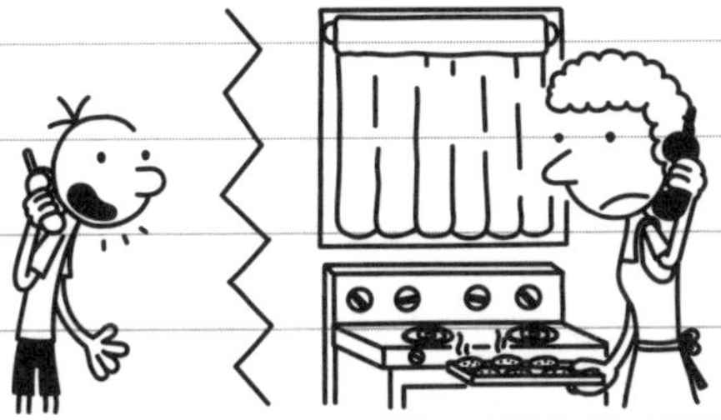

Nou, oma had zeker haar dag niet, want ze begon meteen te zeuren. Ze zei dat ik in de herfst hopen bladeren op het gras had laten liggen en dat er nu overal dode plekken in haar tuin zaten.

Toen vroeg ze wanneer ik langs zou komen om het werk af te maken.

Dat was niet het antwoord waarop ik had gehoopt. Ik zei tegen oma dat we op dit moment alleen betaald werk aannamen, maar dat we misschien later in de zomer langs konden komen.

Toen belde ik mevrouw Blikveld en deed oma's stem zo goed mogelijk na. Ik mag blij zijn dat ik de baard nog niet in de keel heb.

Geloof het of niet, maar mevrouw Blikveld trapte erin. Ze bedankte 'oma' voor de aanbeveling en hing op. Een paar minuten later belde ze terug en ik nam op met mijn gewone stem. Mevrouw Blikveld zei dat ze ons zou inhuren en dat we vandaag konden beginnen.

Maar het is best ver van mijn huis naar mevrouw Blikveld, dus ik vroeg of ze ons wilde ophalen. Ze was er geloof ik niet zo blij mee dat we geen eigen vervoer hadden, maar ze zei dat ze ons wel wilde komen halen als we rond het middaguur klaar konden staan.

Om 12.00 uur kwam mevrouw Blikveld voorrijden in de pick-uptruck van haar zoon. Ze vroeg waar onze grasmaaier en al ons gereedschap was.

Ik zei dat we geen gereedschap HADDEN, maar dat mijn oma de zijdeur altijd openliet en dat ik vast wel naar binnen kon glippen om voor die paar uurtjes haar grasmaaier te lenen. Mevrouw Blikveld wilde wel heel graag dat haar gras gemaaid werd, want ze ging akkoord met mijn plan.

Oma was gelukkig niet thuis, dus het was makkelijk om de maaier mee te smokkelen. We rolden hem naar mevrouw Blikvelds tuin en waren klaar om aan het werk te gaan.

Toen pas bedachten ik en Theo dat we allebei nog nooit een grasmaaier hadden bediend. Dus we zaten samen een poos te hannesen en probeerden te ontdekken hoe we dat ding aan de praat konden krijgen.

Helaas liep alle benzine eruit toen we hem op zijn kant legden, dus moesten we terug naar oma's huis om hem bij te vullen.

Toen we daar toch waren, pakte ik de gebruiksaanwijzing erbij. Maar die was in het Spaans, dus ik kon hem niet lezen. Door de beetjes die ik er WEL van begreep, kreeg ik het gevoel dat grasmaaiers veel gevaarlijker zijn dan ik dacht.

Ik zei tegen Theo dat hij het eerst mocht proberen te maaien en dat ik in de schaduw zou gaan zitten om aan ons ondernemingsplan te werken.

Theo vond dat helemaal geen goed idee. Hij zei dat we 'partners' waren en dat we alles fifty-fifty moesten doen. Dat verbaasde me wel, want ik ben degene die de hele grasmaaiservice heeft bedacht, dus ik ben eerder de eigenaar dan een partner.

Ik zei tegen Theo dat één van ons het zware werk moest doen en de ander het geld in ontvangst moest nemen, zodat het niet zweterig zou worden.

Geloof het of niet, dat was reden genoeg voor Theo om op te stappen.

Ik wil hier wel nog even zeggen dat ik Theo niet kan aanbevelen als hij me ooit nodig heeft als referentie.

Eerlijk gezegd kan ik heel goed zonder Theo. Als dit bedrijf zo gaat groeien als ik verwacht, heb ik straks HONDERD Theo's voor me werken.

Ondertussen moest ik wel het gazon van mevrouw Blikveld gemaaid zien te krijgen. Ik bladerde nog een poosje door de gebruiksaanwijzing en ontdekte toen dat ik aan een hendel moest trekken die aan een koord vastzat. Dat deed ik dus.

De maaier begon meteen te rijden en ik kon aan de slag.

Het was niet zo erg als ik gedacht had. De grasmaaier was gemotoriseerd, dus ik hoefde er alleen maar achter te lopen en af en toe bij te sturen.

Toen begon me op te vallen dat er overal hopen hondenpoep lagen. En eromheen sturen was niet makkelijk met een grasmaaier die uit zichzelf rijdt.

De V.I.P. Gras Service heeft een strikt beleid als het om hondenpoep gaat, namelijk dat we er niet eens in de buurt komen.

Dus vanaf dat moment maaide ik voor de veiligheid in een cirkel van anderhalve meter om alles heen wat er ook maar een beetje verdacht uitzag.

Daardoor ging het werk veel sneller, want er bleef veel minder gras over om te maaien. Toen ik klaar was ging ik naar de voordeur om mijn geld te innen. De rekening kwam in totaal op tweeëntwintig euro, vijftien om te maaien en zeven voor de tijd die ik en Theo aan het ontwerpen van de flyer hadden besteed.

Maar mevrouw Blikveld wilde niet betalen. Ze zei dat onze service 'waardeloos' was en dat we het grootste deel van het gras helemaal niet gemaaid hadden.

Ik vertelde haar over de hondenpoepkwestie, maar ze wou nog steeds niet betalen wat ze me schuldig was. Erger nog, ze wilde me ook niet naar huis brengen. Weet je, ik had wel gedacht dat iemand ons zou proberen te flessen deze zomer, maar ik had nooit verwacht dat het meteen de eerste klant zou zijn.

Ik moest naar huis lopen en toen ik daar eindelijk aankwam was ik echt kwaad. Dus ik vertelde pap alles over mijn grasmaai-ervaring en dat mevrouw Blikveld niet wilde betalen.

Pap reed meteen naar mevrouw Blikvelds huis en ik ging mee. Ik dacht dat hij haar uit ging kafferen omdat ze zijn zoon had uitgebuit en dat wilde ik van dichtbij meemaken. Maar pap pakte oma's grasmaaier en maaide de rest van het gazon.

Toen hij klaar was vroeg hij haar niet eens om geld.

Maar het tochtje was geen TOTALE tijdverspilling. Terwijl pap de boel afrondde, zette ik een bord in de tuin van mevrouw Blikveld.

Tja, ik kreeg misschien niet betaald voor al die moeite, maar ik kon er nog wel wat gratis publiciteit uit slepen.

Zaterdag

De V.I.P. Gras Service is niet zo'n succes geworden als ik verwacht had. Sinds die eerste klus heb ik geen opdrachten meer gehad en ik begin te denken dat mevrouw Blikveld over me geroddeld heeft tegen de buren.

Ik dacht erover om op te geven en ons bedrijf te sluiten, maar toen realiseerde ik me dat we het met een paar aanpassingen op de flyer in de winter nog een keer kunnen proberen.

Het probleem is dat ik NU geld nodig heb. Ik belde Theo op om over nieuwe ideeën te brainstormen, maar zijn moeder zei dat hij met zijn vader naar de film was. Dat vond ik best irritant, want hij had mij niet eens gevraagd of hij een dagje vrij kon krijgen.

Ik mag van mam helemaal niks leuks doen tot die smoothierekening betaald is, dus dat betekende dat IK nu in mijn eentje mocht gaan bedenken hoe we aan geld konden komen.

Weet je wie veel geld heeft? Max. Dat kind is RIJK. Een paar weken geleden zeiden pap en mam tegen hem dat hij iedere keer dat hij uit zichzelf op het potje ging twintig cent zou krijgen.

Max bewaart al zijn geld in een grote glazen pot op zijn ladekast. Er moet minstens honderd euro in dat ding zitten.

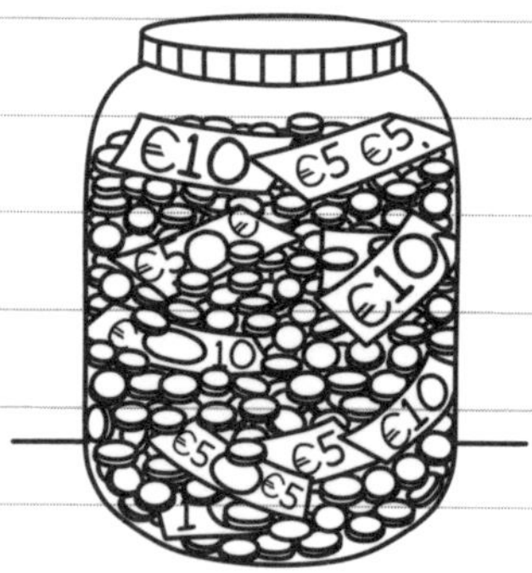

Ik heb erover gedacht om Max te vragen of hij mij het geld wil lenen, maar ik krijg mezelf gewoon niet zover. Trouwens, ik weet bijna zeker dat Max rente vraagt op zijn leningen.

Ik probeer een manier te bedenken om geld te verdienen zonder dat ik daar echt voor hoef te werken. Maar toen ik dat aan mam vertelde zei ze dat ik gewoon 'lui' ben.

Oké, ik BEN misschien wel lui, maar daar kan IK toch niks aan doen? Ik ben altijd lui geweest en als iemand daar nou wat eerder iets van gezegd had, was ik nu misschien niet zoals ik ben.

Ik weet nog hoe het was op de kleuterschool: als de speeltijd voorbij was, moesten we van de juf het speelgoed opruimen en dan zongen we allemaal het 'Opruimlied'. Nou, ik zong net zo hard mee als iedereen, maar opruimen deed ik nooit.

Dus als je iemand de schuld wilt geven voor hoe ik ben, moet je beginnen bij het openbaar onderwijs.

Zondag

Mam kwam me vanochtend wakker maken om naar de kerk te gaan. Ik ging graag mee, want ik wist dat ik de hulp van een hogere macht moest inroepen als ik die smoothieschuld ooit wilde afbetalen. Als oma iets nodig heeft, bidt ze erom en dan krijgt ze het meteen.

Ik denk dat ze een directe verbinding met God heeft of zoiets.

Om de een of andere reden werkt het bij mij nooit zo goed. Maar dat betekent niet dat ik het opgeef.

De preek van vandaag heette 'Jezus in vermomming' en ging over dat je vriendelijk moet zijn tegen iedereen, omdat je nooit weet welke persoon eigenlijk Jezus is die doet alsof hij iemand anders is.

Ze willen natuurlijk dat je probeert een beter mens te worden, maar ik word er alleen maar paranoïde van, want ik weet nu al dat ik verkeerd ga gokken.

De collectezak ging rond, zoals elke week, en ik kon alleen maar denken dat ik dat geld harder nodig had dan de mensen die het gingen krijgen.

Maar mam had de blik in mijn ogen zeker gezien, want ze gaf de zak door aan de rij achter ons voor ik kon pakken wat ik nodig had.

Maandag

Dit weekend ben ik jarig en ik kan niet wachten tot het zover is. Dit jaar wordt het een FAMILIEfeestje. Ik ben nog steeds laaiend op Theo omdat hij is gekapt met ons grasmaaibedrijf, dus hij moet niet denken dat hij hier zomaar taart kan komen eten.

Bovendien, ik heb mijn lesje wel geleerd. Als je een feestje voor je vrienden geeft, denken alle gasten dat ze het recht hebben om met jouw cadeaus te spelen.

En altijd als ik een vriendenfeestje geef nodigt mam de kinderen van HAAR vriendinnen uit en zit ik opgescheept met een heleboel gasten die ik amper ken.

En die kinderen kopen niet zelf een cadeau, dat doet hun MOEDER. Dus zelfs als je zoiets als een game krijgt, is het geen game die je ook echt zou willen spelen.

Ik ben in ieder geval blij dat ik dit jaar niet meer op zwemmen zit. Vorig jaar moest ik trainen op mijn verjaardag en mam zette me af.

Ik kreeg zo veel verjaardagsstompen dat ik bij het zwemmen mijn armen niet eens meer omhoog kon krijgen.

Dus wat verjaardagen betreft heb ik geleerd dat je kinderen er beter buiten kunt laten.

Mam zei dat ik een familiefeestje mocht geven als ik beloofde dat ik niet 'hetzelfde als altijd' zou doen met de verjaardagskaarten. Dat is een rotstreek, want ik heb een GEWELDIG systeem bedacht om die kaarten open te maken. Ik leg ze op een mooie stapel en dan scheur ik elke envelop open en schud hem even zodat het geld eruit rolt. Als ik niet stop om ze te lezen, kan ik binnen één minuut een stapel van twintig kaarten openmaken.

Mam zegt dat mijn manier 'beledigend' is voor de mensen die de kaarten hebben gegeven. Ze zegt dat ik deze keer elke kaart moet lezen en de gever moet bedanken. Dan gaat het wel een stuk langzamer, maar het is vast nog wel de moeite waard.

Ik heb er lang over gedacht wat ik dit jaar voor mijn verjaardag ga vragen. Ik wil ECHT heel graag een hond.

Ik vraag al drie jaar om een hond, maar mam zegt dat we geen hond kunnen nemen voordat Max helemaal zindelijk is. Nou, als je ziet wat een toestand Max maakt van dat zindelijk worden, dan duurt het nog EEUWEN.

Het punt is: ik weet dat pap ook een hond wil. Toen HIJ klein was had hij er ook een. Ik schatte in dat pap maar een klein zetje nodig had en vorige kerst zag ik mijn kans schoon. Mijn oom Jan kwam met zijn hele gezin bij ons op bezoek en ze hadden hun hond Killer meegenomen.

Ik vroeg oom Jan of hij pap een hint wou geven dat wij wel een hond verdienden. Helaas deed oom Jan dat op zo'n manier dat mijn 'ik-wil-een-hond'-campagne er minstens vijf jaar achterstand door opliep.

Wat ik zeker óók niet ga krijgen is een mobieltje en dat heb ik aan Rick te danken.

Pap en mam gaven er vorig jaar een aan Rick en hij belde in de eerste maand meteen al een rekening van tweehonderd euro bij elkaar. En DAT kwam vooral door de nachtelijke telefoontjes naar pap en mam om te vragen of de verwarming wat hoger kon.

Dus dit jaar vraag ik alleen maar een luxe leren relaxstoel. Mijn oom Karel heeft er een en hij LEEFT zowat in dat ding.

De belangrijkste reden dat ik mijn eigen relax-stoel wil is dat ik dan 's avonds niet meer naar boven hoef te lopen nadat ik tv heb gekeken. Ik kan gewoon in die stoel slapen.

Bovendien hebben die relaxstoelen allerlei extraatjes, zoals een nekmasseur en regelbare stevigheid en dat soort dingen. Ik denk dat de 'trilstand' paps preken heel wat draaglijker zou maken.

Ik zou alleen nog maar op hoeven staan om naar de wc te gaan. Maar misschien moet ik pas volgend jaar om een relaxstoel vragen, want ik wed dat ze daar in het nieuwe model ook wat op gevonden hebben.

Donderdag

Ik vroeg mam of ze me vandaag weer naar de Sensationele Schoonheidssalon wou brengen, al hoefde ik eigenlijk nog niet geknipt te worden. Ik wilde gewoon even de laatste roddels horen.

Annette, mijn kapster, zei dat ze van een kennis van mevrouw Thorbecke had gehoord dat ik en Theo ruzie hadden.

Theo is kennelijk 'ontroostbaar' omdat ik hem niet op mijn verjaardag heb uitgenodigd. Nou, als je hem ziet zou je dat niet bepaald zeggen.

Altijd als ik hem tegenkom is Theo leuke dingen met zijn vader aan het doen. Dus het lijkt mij dat hij allang een nieuwe beste vriend heeft gevonden.

Ik vind het trouwens vet oneerlijk dat Theo wel naar de golfclub mag, terwijl hij nog steeds die smoothierekening niet betaald heeft.

Helaas begint Theo's kleffe relatie met zijn vader MIJN leven nu ook te beïnvloeden. Mam vindt het 'leuk' dat Theo en zijn vader samen dingen doen en dat ik en pap moeten gaan vissen of honkballen in de voortuin of zoiets.

Maar weet je, ik en pap zijn helemaal niet geschikt voor dat vader-zoongedoe. De laatste keer dat mam mij en pap samen op pad stuurde, eindigde het ermee dat ik hem uit de Puttense Beek moest trekken.

Maar mam geeft niet op. Ze zegt dat ze meer 'genegenheid' wil zien tussen pap en ons zonen. Dat heeft al een paar ongemakkelijke momenten opgeleverd.

Vrijdag

Ik zat vandaag tv te kijken toen er op de voordeur werd geklopt. Mam zei dat er een 'vriend' voor de deur stond, dus ik dacht dat Theo zijn excuses kwam aanbieden.

Maar het was Theo niet. Het was Sproet.

Eenmaal bijgekomen van de schok gooide ik gauw de deur dicht. Ik raakte in paniek, want ik had geen idee waarom Sproet bij me op de stoep stond. Na een paar minuten keek ik uit het zijraam en Sproet stond er nog STEEDS.

Ik wist dat ik drastische maatregelen moest nemen, dus ik ging naar de keuken om de politie te bellen. Maar mam hield me tegen voor ik 112 kon intoetsen.

Mam zei dat ZIJ Sproet had uitgenodigd. Ze zei dat ik zo 'eenzaam' leek sinds die ruzie met Theo en dat ze daarom een 'speelafspraak' had gemaakt met Sproet.

Zie je nou, daarom moet ik mam nooit iets over mijn privéleven vertellen. Dit Sproetgedoe was een absolute ramp.

Ik heb wel eens gehoord dat een vampier alleen in je huis kan komen als je hem binnen vraagt en ik wed dat het met Sproet ook zo is.

Dus nu heb ik TWEE dingen om me zorgen over te maken: de modderige hand en Sproet. En als ik mocht zeggen wie me het eerst te pakken krijgt, zou ik absoluut voor de modderige hand kiezen.

Zaterdag

Vandaag was ik jarig, en alles is zo'n beetje gelopen als ik gedacht had. Rond enen begonnen de familieleden binnen te druppelen. Ik had aan mam gevraagd of ze zo veel mogelijk mensen wilde uitnodigen om mijn cadeaupotentieel te maximaliseren en de opkomst was behoorlijk.

Ik kom graag meteen ter zake als het om verjaardagscadeaus gaat, dus ik vroeg of iedereen naar de woonkamer wilde komen.

Ik deed wat mam had gevraagd en nam de tijd voor de kaarten. Het was pijnlijk, maar de flinke buit maakte het de moeite waard.

Maar ik had mijn geld nog niet binnen of mam pikte het alweer in om meneer Thorbecke terug te betalen.

Toen kwamen de ingepakte cadeaus, maar dat waren er niet zo veel. Het eerste, van pap en mam, was klein en zwaar. Dat vond ik een goed teken. Toch was ik behoorlijk geschokt toen ik het openmaakte.

Toen ik wat beter keek zag ik dat het geen gewoon mobieltje was. De telefoon heette 'Lieveheersbeestje'. Er zat geen toetsenbord op of zoiets. Hij had twee knoppen: één om mee naar huis te bellen en één voor noodgevallen. Je hebt er dus eigenlijk niks aan.

Voor de rest kreeg ik alleen maar kleren en andere spullen die ik niet echt nodig had. Ik hoopte nog steeds op die relaxstoel, maar toen ik doorhad dat pap en mam nergens plek hebben om zo'n gigantische stoel te verstoppen, gaf ik het op.

Toen zei mam dat we allemaal naar de eetkamer moesten om taart te eten. Helaas was Killer, de hond van oom Jan, ons al voor geweest.

Ik hoopte dat mam gauw een nieuwe taart zou gaan halen, maar ze pakte gewoon een mes en sneed de stukken af waar de hond niet aan had gezeten.

Mam gaf mij een heel groot stuk, maar ik was inmiddels niet meer in de stemming voor taart. Vooral niet omdat Killer onder de tafel verjaardagskaarsjes zat uit te kotsen.

Zondag

Mam voelde zich vast schuldig over hoe mijn verjaardag was afgelopen, want vandaag zei ze dat we in het winkelcentrum een 'goedmaakcadeautje' gingen kopen.

Rick en Max mochten ook mee en mam zei dat zij allebei ook iets mochten uitzoeken. Dat is dus totaal oneerlijk, want het was gisteren niet HUN verjaardag.

We liepen een tijdje rond in het winkelcentrum en kwamen toen in een dierenwinkel terecht. Ik hoopte dat we ons geld bij elkaar konden leggen voor een hond, maar Rick had blijkbaar liever een ander huisdier.

Mam gaf ons alle drie een briefje van vijf euro en zei dat we mochten kopen wat we wilden, maar met vijf euro kom je niet ver in een dierenwinkel. Ik koos uiteindelijk voor een heel gave maanvis met allemaal verschillende kleuren.

Rick kocht ook een vis. Ik weet niet wat voor soort, maar Rick wilde hem hebben omdat op het bordje bij zijn bak stond dat de vis 'agressief' was.

Max maakte ZIJN vijf euro op aan vissenvoer. Eerst dacht ik dat hij mijn en Ricks vissen wilde voeren, maar tegen de tijd dat we thuis waren had hij het busje halfleeg gegeten.

Maandag

Ik heb nog nooit een eigen huisdier gehad, maar ik begin het te leren. Ik voer mijn vis drie keer per dag en hou zijn kom echt goed schoon.

Ik heb zelfs een schriftje gekocht om in bij te houden wat mijn vis de hele dag doet. Ik moet toegeven dat het best moeilijk is om de blaadjes vol te krijgen.

Ik heb pap en mam gevraagd of we zo'n aquarium kunnen kopen met een massa vissen erin om mijn kleine kereltje gezelschap te houden, maar pap zei dat een aquarium geld kost en dat ik er misschien een voor kerst kon vragen.

En daarom is het zo irritant om een kind te zijn. Je hebt per jaar maar twee kansen om te krijgen wat je hebben wilt: met kerst en met je verjaardag. En als het dan eindelijk zover is, verpesten je ouders alles en kopen een lieveheersbeestje voor je.

Als ik mijn eigen geld had, kon ik alles kopen wat ik hebben wilde en hoefde ik mezelf niet voor gek te zetten als ik een film wilde huren of snoep wilde kopen of zoiets.

Trouwens, ik heb altijd al geweten dat ik uiteindelijk rijk en beroemd word, maar ik begin me nu toch een beetje zorgen te maken omdat het nog niet gebeurd is. Ik zou toch OP ZIJN MINST al mijn eigen realityshow moeten hebben.

Gisteravond keek ik naar een van die shows waarin een nanny een week bij een gezin logeert en ze precies vertelt wat ze allemaal fout doen.

Nou, ik weet niet of die vrouw naar een of andere nannyschool is geweest, maar dat is nou precies het werk waar ik voor in de WIEG gelegd ben.

Ik moet alleen even uitvogelen hoe ik dat baantje kan bemachtigen als die nanny met pensioen gaat.

Sinds een paar jaar bewaar ik allerlei persoonlijke spulletjes, zoals boekverslagen en oud speelgoed en zo, want als mijn museum opengaat wil ik wel dat het helemaal vol staat met interessante dingen uit mijn leven.

Maar ik bewaar geen dingen als lollystokjes waar mijn speeksel aan zit, want ik wil NIET gekloond worden.

Als ik beroemd ben, moet ik wel wat dingen veranderen in mijn leven.

Ik moet waarschijnlijk een privévliegtuig, want ik raak geïrriteerd als mensen achter uit een gewoon vliegtuig proberen om mijn eersteklas wc te gebruiken.

Iets anders waar beroemde mensen mee te maken krijgen: dat hun jongere broers en zussen ook beroemd worden, alleen omdat ze familie zijn.

Ik ben het dichtst in de buurt van de roem geweest toen mam me een paar jaar geleden inschreef voor modellenwerk. Haar idee was denk ik dat er foto's van mij in kledingcatalogi zouden komen.

Maar ze hebben mijn foto alleen gebruikt voor een stom medisch boek en ik heb er alles aan gedaan om dat achter me te laten.

Dinsdag

Ik heb de hele middag zitten gamen en de gemiste zondagstrips gelezen.

Ik bladerde naar de achterpagina en op de plaats van 'Klein Schatje' stond nu een advertentie.

Man, ik wacht al een EEUWIGHEID op zo'n kans. Ik heb al een keer een strip in de schoolkrant gehad, maar dit is een kans om aan de TOP te komen.

In de advertentie stond dat ze geen dierenstrips accepteren en ik denk dat ik wel weet waarom. Er is een strip over een hond die 'Knuffelig Keffertje' heet en al vijftig jaar in de krant staat.
De vent die die strips heeft getekend is al lang dood, maar de oude strips worden nog steeds herhaald.

Ik weet niet of ze grappig zijn, want eerlijk gezegd kan iemand van mijn leeftijd de meeste niet eens begrijpen.

De krant heeft al een paar keer geprobeerd om met die strip te stoppen, maar iedere keer duiken er dan weer allemaal fans van 'Knuffelig Keffertje' op die een heleboel herrie beginnen te maken. Die lui zien die striphond blijkbaar als hun eigen huisdier of zo.

De laatste keer dat ze met 'Knuffelig Keffertje' wilden stoppen, kwamen er vier busladingen 65-plussers uit Rust Staete naar het kantoor van de krant. Ze gingen pas weer weg toen ze hun zin hadden gekregen.

Zaterdag

Mam deed vanmorgen extra vrolijk, dus ik wist dat ze iets van plan was.

Om 10.00 uur zei ze dat we allemaal in de stationwagen moesten stappen en toen ik vroeg waar we heen gingen zei ze dat dat een 'verrassing' was.

Ik had wel gezien dat mam zonnebrand en zwemkleding en zo achter in de auto had gestopt, dus ik dacht dat we naar het strand gingen.

Maar toen ik vroeg of ik gelijk had, zei ze dat de plek waar we heen gingen nog LEUKER was dan het strand.

Nou, waar we ook heen gingen, het duurde heel lang om er te komen. En het was niet echt leuk om met Max en Rick vast te zitten op de achterbank.

Max zat tussen mij en Rick in, op de bult. Op een gegeven moment besloot Rick tegen Max te zeggen dat de bult de slechtste plek van de hele auto was, omdat die het kleinst was en het vervelendst zat.

Nou, Max compleet overstuur natuurlijk.

Uiteindelijk werden pap en mam gek van dat gehuil. Mam zei dat het nu mijn beurt was om op de bult te zitten, want ik was de op een na jongste en anders was het 'niet eerlijk'. Dus iedere keer dat pap door een kuil reed, klapte ik met mijn hoofd tegen het dak.

Rond tweeën begon ik echt honger te krijgen, dus ik vroeg of we iets konden snacken. Pap wilde niet stoppen, want hij zei dat al die lui van die fastfoodrestaurants 'idioten' waren.

Nou, ik weet wel waarom hij dat denkt. Iedere keer dat pap naar dat drive-inrestaurant vlak bij ons huis gaat, probeert hij zijn bestelling te doen bij de vuilnisbak.

Ik zag een bord van een pizzatent en ik smeekte pap en mam om daar wat te gaan eten. Maar mam probeerde vast weer geld te besparen, want ze was voorbereid.

Een halfuur later reden we een grote parkeerplaats op, en ik wist precies waar we waren.

We waren in het Glibberglij Zwemparadijs, waar we vroeger vaak heen gingen. En dan bedoel ik HEEL vroeger. Het is eigenlijk bedoeld voor kleintjes zoals Max.

Mam hoorde mij en Rick vast kreunen op de achterbank. Ze zei dat dit een geweldige dag ging worden voor ons hele gezin, het hoogtepunt van onze vakantie.

Ik heb slechte herinneringen aan het Glibberglij Zwemparadijs. Ik ben er een keer met opa geweest en hij heeft me toen zo'n beetje de hele dag bij de waterglijbanen geparkeerd. Hij zei dat hij een boek ging lezen en dat hij me over drie uur weer op zou komen halen. Maar ik ben van geen enkele glijbaan gegaan, omdat dit bordje bij de ingang stond:

Ik dacht dat je twintig moest zijn om van de glijbanen te mogen, maar wat bleek? Die kleine kg naast het cijfer betekenden 'kilo'!

Dus ik heb de hele dag verpest met op opa wachten en toen moesten we al weer weg.

Rick heeft ook slechte herinneringen aan het Glibberglij Zwemparadijs. Vorig jaar werd zijn band geboekt voor een optreden op het podium bij het golfslagbad. Ricks band vroeg aan die Glibberlui om een rookmachine voor een 'special effect' bij hun optreden.

Maar iemand had in plaats daarvan een BELLENBLAASmachine neergezet.

Ik heb trouwens ontdekt waarom mam ons juist vandaag heeft meegenomen naar het zwemparadijs: omdat gezinnen 50 procent korting kregen. Helaas waren er meer gezinnen op dat idee gekomen.

Bij de ingang huurde mam een buggy voor Max. Ik kon haar overhalen om voor een beetje meer geld een dubbele buggy te huren, want ik wist nu al dat het een lange dag zou worden en ik wilde mijn energie sparen.

Mam parkeerde de buggy in de buurt van het golfslagbad. Dat was zo vol dat je het water bijna niet kon zien. Toen we eenmaal een plekje hadden gevonden en ons hadden ingesmeerd voelde ik een paar regendruppels en daarna hoorde ik een donderslag. Toen werd er een boodschap omgeroepen.

Iedereen rende naar de uitgang en stapte in zijn auto. Maar omdat we allemaal op hetzelfde moment weg wilden, werd het één grote file.

Max ging moppen vertellen om ons een beetje af te leiden. Eerst moedigden pap en mam hem nog aan.

Maar na een tijdje sloegen zijn moppen echt nergens meer op.

We hadden bijna geen benzine meer, dus we moesten de airco uitdoen en wachten tot de parkeerplaats leeg was.

Mam zei dat ze hoofdpijn had en ging even achter in de auto liggen. Een uur later was de file eindelijk opgelost en konden we de snelweg op.

We stopten om te tanken en drie kwartier later waren we thuis. Pap zei dat ik mam wakker moest maken, maar toen ik achter in de stationwagen keek, was mam nergens te bekennen.

Even wist niemand waar ze gebleven was. Toen bedachten we dat ze alleen op het tankstation kon zijn. Ze was blijkbaar uitgestapt om naar de wc te gaan en niemand had het gemerkt.

En inderdaad, daar was ze. We waren blij om haar te zien, maar ik denk dat zij niet zo blij was om ONS te zien.

Mam zei de hele terugreis niks. Ik heb zo'n idee dat ze voorlopig even genoeg heeft van het gezellig samenzijn en dat is mooi, want dat geldt ook voor mij.

Zondag

Ik wou maar dat we dat uitstapje gisteren niet hadden gemaakt, want als we thuis waren gebleven leefde mijn vis misschien nog.

Voor we weggingen had ik mijn vis nog gevoerd en mam had gezegd dat ik Ricks vis ook moest voeren. Ricks vis stond op de koelkast en ik weet zeker dat hij die vis nog nooit had gevoerd en de kom nog nooit had schoongemaakt.

Ik denk dat Ricks vis leefde van de algen die op het glas groeiden.

Mam vond die kom echt weerzinwekkend. Dus dumpte ze zijn vis in mijn kom.

Toen we terugkwamen van het zwemparadijs ging ik rechtstreeks naar de keuken om mijn vis te voeren. Maar hij was weg, en het was geen groot mysterie wat er met hem gebeurd was.

Ik kreeg niet eens de tijd om verdrietig te zijn, want het is vandaag Vaderdag, en we moesten allemaal naar opa voor de brunch.

Ik zal je één ding vertellen: als ik vader ben, ga IK op Vaderdag echt niet in overhemd met stropdas naar Rust Staete. Ik ga er lekker in mijn eentje op uit om LOL te trappen. Maar mam zei dat de drie generaties Botermansmannen tijd met elkaar nodig hadden.

Ik denk dat ik met mijn eten zat te spelen, want pap vroeg wat er aan de hand was. Ik vertelde hem dat ik boos was omdat mijn vis dood was. Pap zei dat hij niet echt wist wat hij moest zeggen omdat hij nog nooit had meegemaakt dat een huisdier doodging.

Hij had vroeger wel een hond gehad die Gekkie heette, maar die was op een dag weggelopen naar een vlindertuin.

Pap heeft dat verhaal over die vlindertuin al een miljoen keer verteld, maar ik wilde niet zo bot zijn om hem af te kappen.

Toen zei opa dat hij iets moest 'bekennen'. Hij zei dat Gekkie niet ECHT was weggelopen naar een vlindertuin. Nee, opa had de hond per ongeluk overreden toen hij achteruit het tuinpad af reed.

Opa zei dat hij dat verhaal van die vlindertuin had bedacht zodat hij pap de waarheid niet hoefde te vertellen, maar dat ze er nu samen om konden lachen.

Niet dus. Pap was BOOS! Hij zei dat we in de auto moesten stappen en liet opa zitten met de rekening voor de brunch. Op weg naar huis zei hij helemaal niks. Hij zette ons thuis af en reed weg.

Pap bleef lang weg en ik begon al te denken dat hij de rest van de dag alleen wilde zijn. Maar een uur later kwam hij thuis met een grote kartonnen doos.

Hij zette de doos op de grond en geloof het of niet: er zat een HOND in.

Mam was er niet zo blij mee dat pap een hond had gekocht zonder eerst met haar te overleggen. Ik denk dat pap zelfs nooit een broek heeft gekocht zonder eerst aan haar te vragen of het mocht. Maar ze zag ook hoe gelukkig pap was en dus mocht hij de hond houden.

Onder het avondeten zei ze dat we een naam voor de hond moesten verzinnen.

Ik wilde hem een coole naam geven, zoals Knaagbek of Verslinder, maar mam vond mijn ideeën 'te gewelddadig'.

Maar Max had nog veel slechtere ideeën. Hij wou de hond een dierennaam geven, zoals Olifant of Zebra.

Rick vond die dierennaam een goed idee en zei dat we de hond kaketoe moesten noemen.

Mam zei dat we de hond Hartendief moesten noemen. Dat vond ik een belachelijk idee, want de hond is een JONGEN, geen meisje.

Maar voor we konden protesteren, was pap al akkoord gegaan.

Pap had mam overal gelijk in gegeven als hij die hond maar mocht houden. Maar ik heb zo'n idee dat oom Jan de naam van onze hond niks zal vinden.

Pap stuurde Rick naar het winkelcentrum voor een voerbak met de naam van de hond erop en hier kwam Rick mee thuis:

Ja, dat komt ervan als je de slechtste speller van het gezin om een boodschap stuurt.

Woensdag

Ik was eerst heel blij met onze hond, maar daar kom ik wel van terug.

Die hond begint me op de zenuwen te werken.

Een paar avonden geleden kwam er een reclame op tv met eekhoorns die hun holletjes in en uit wipten. Hartje vond dat schijnbaar heel interessant, dus zei pap:

Daar werd Hartje helemaal wild van en hij begon tegen het scherm te blaffen.

Nu blaft Hartje DE HELE TIJD tegen de tv en hij houdt alleen maar op als die eekhoornreclame er weer is.

Maar waar ik echt gek van word is dat die hond steeds in mijn bed wil slapen en ik ben bang dat hij mijn hand er afbijt als ik hem wegduw.

En hij slaapt niet gewoon in mijn bed, hij slaapt pal in het midden.

Pap komt Hartje elke ochtend om 7.00 uur ophalen om hem uit te laten. Maar ik denk dat de hond op mij lijkt, want hij wil 's ochtends ook zijn bed niet uit. Dus doet pap het licht aan en uit om de hond wakker te maken.

Gisteren kreeg pap Hartje echt niet mee naar buiten, dus probeerde hij een nieuwe truc. Hij ging naar de voordeur en drukte op de bel. De hond schoot als een raket het bed uit.

Er was maar één probleem: hij gebruikte mijn gezicht als springplank.

Het regende zeker vanochtend, want Hartje kwam bibberend en kletsnat terug. Toen probeerde hij om bij mij onder de dekens te kruipen om warm te worden. Gelukkig heb ik door de modderige hand een boel ervaring met dit soort dingen, dus ik wist hem buiten te houden.

Donderdag

Vanochtend kreeg pap de hond niet mee naar buiten, WAT hij ook probeerde. Dus ging hij naar zijn werk en een uur later maakte Hartje me wakker omdat hij uit wilde.

Ik sloeg mijn deken om me heen, liet de hond door de voordeur naar buiten en wachtte tot hij klaar was. Maar Hartje besloot ervandoor te gaan en ik moest hem achterna rennen.

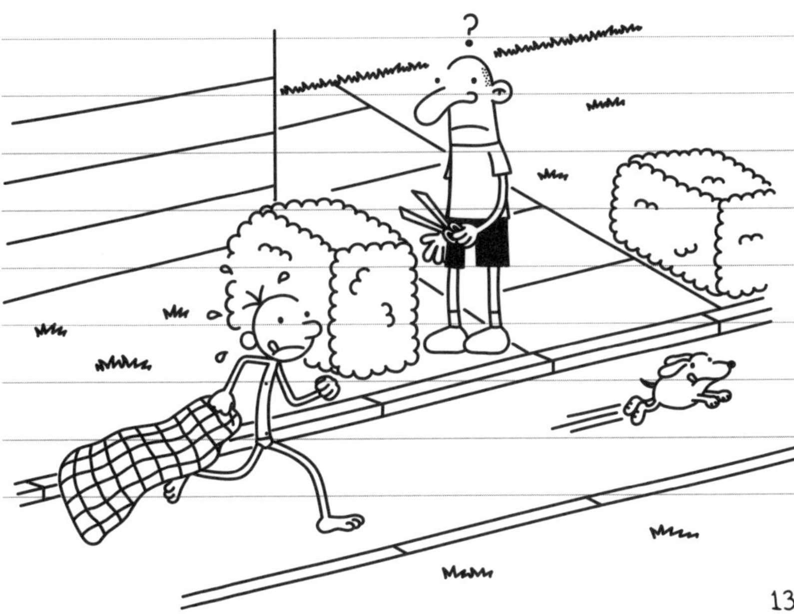

Weet je, ik had eigenlijk best een goeie vakantie tot Hartje er was. Hij verpest de twee dingen die ik het allerbelangrijkst vind: televisie en slaap.

En pap zeurt toch steeds over dat ik de hele dag rondhang? Nou, Hartje is twee keer zo erg als ik, maar pap is DOL op die hond.

Ik denk trouwens niet dat die gevoelens wederzijds zijn. Pap probeert de hond steeds zover te krijgen dat hij hem een kus op zijn neus geeft, maar Hartje weigert.

Ik begrijp eigenlijk wel waarom de hond pap niet leuk vindt.

Hartje is eigenlijk alleen dol op mam, ook al negeert ze hem vooral. En het is duidelijk dat pap daar een beetje gek van begint te worden.

Ik denk dat Hartje gewoon dol is op vrouwen. Dus daarin lijken we ook op elkaar.

Zaterdag

Gisteravond was ik bezig met een strip die 'Klein Schatje' kan vervangen. Ik dacht dat er wel veel concurrentie zou zijn voor die open plek in de krant, dus ik wilde iets bedenken wat echt op zou vallen. Ik noemde het 'Hé, mensen!' en het is half strip en half vragenrubriek. Ik denk dat ik de wereld ermee kan verbeteren, of in ieder geval MIJN wereld.

BEDENK BIJ EEN BESTELLING IN EEN HAMBURGERRESTAURANT VOOR JE AAN DE BEURT BENT WAT JE WILT ETEN.

Omdat pap de strips in de krant ook leest, kon ik er net zo goed een paar speciaal voor hem maken.

Ik had gisteren een heel STEL strips kunnen tekenen, maar ik kon me niet concentreren want Hartje was weer ZO irritant.

Terwijl ik aan het tekenen was, zat de hond op mijn kussen zijn poten en zijn staart te likken en hij ging er helemaal in op.

Iedere keer dat Hartje dat doet, moet ik onthouden dat ik mijn kussen omdraai voor ik ga slapen. Gisteren was ik dat vergeten en legde ik mijn hoofd precies op de natte plek.

Over likken gesproken, gisteravond heeft Hartje pap eindelijk gezoend. Dat komt waarschijnlijk doordat paps adem naar paprikachips rook en ik denk dat honden daar automatisch op reageren.

Ik had het hart niet om pap te vertellen dat Hartje het laatste halfuur op mijn kussen aan zijn achterste had liggen likken.

Hoe dan ook, ik hoop dat ik vanavond nog wat strips kan tekenen, want morgen kom ik er niet aan toe. Dan is het dorpsfeest en gaan we met z'n allen naar het gemeentezwembad.

Ik probeerde er nog onderuit te komen, vooral omdat ik de vakantie door wil komen zonder langs die douchekerels te lopen, maar ik denk dat mam nog steeds hoopt op één geslaagd familie-uitje deze zomer, dus protesteren heeft geen zin.

Maandag

Het dorpsfeest begon behoorlijk heftig voor mij. In het zwembad probeerde ik zo snel mogelijk door de kleedkamer te glippen, maar die douchemannen waren behoorlijk spraakzaam, dus ze maakten het me niet gemakkelijk.

Toen zei mam dat ze haar zonnebril in de auto had laten liggen, dus moest ik op weg naar de parkeerplaats WEER door de doucheruimte. Op de terugweg had ik de zonnebril van mijn moeder op om duidelijk te maken dat ik geen zin had in een praatje, maar dat hielp ook niet echt.

Echt, ik wou maar dat die lui gewoon thuis onder de douche gingen, vóór ze naar het zwembad kwamen, want als je iemand een keer zó gezien hebt, kun je nooit meer gewoon naar hem kijken.

Buiten de kleedkamer werd het niet veel beter. Het zag er nog net zo uit als ik me kon herinneren, maar dan drukker. Iedereen dacht blijkbaar dat het een mooie dag was voor het zwembad.

De enige keer dat het bad leegliep was toen de badmeester een kwartier pauze had en alle kinderen het water uit moesten.

Het idee achter die pauzes is natuurlijk dat de volwassenen ook nog even kunnen relaxen in het zwembad, maar hoe ze dat moeten doen terwijl er driehonderd kinderen staan te wachten tot de pauze voorbij is, dat snap ik niet.

Toen ik kleiner was ging ik tijdens de pauzes altijd in het peuterbadje zwemmen, maar dat was voor ik doorhad wat daar allemaal in gebeurt.

Het diepe was het enige stukje van het zwembad waar het geen compleet gekkenhuis was, en daar zijn de duikplanken. Ik ben niet meer in het diepe geweest sinds mijn achtste, toen Rick me overhaalde om van de hoge te springen.

Rick wilde altijd dat ik van de hoge zou springen, maar ik was bang voor die lange ladder. Hij zei dat ik mijn angsten moest overwinnen, anders zou ik nooit een echte man worden.

Op een keer zei Rick dat er aan het eind van de hoge een clown stond die gratis speelgoed uitdeelde en dat leek me wel wat.

Maar toen ik eenmaal doorhad dat Rick uit zijn nek kletste was het al te laat.

Hoe dan ook, gisteren nam mam ons allemaal mee naar de picknickplaats omdat ze daar gratis watermeloenen uitdeelden.

Maar ik ben ook bang voor watermeloenen. Rick zegt altijd dat er een watermeloen in je buik gaat groeien als je de pitjes opeet.

Ik weet niet of hij de waarheid spreekt, maar ik moet over een paar maanden weer naar school en ik neem dus liever geen risico's.

Toen het donker begon te worden legde iedereen dekens op de ligweide om naar het vuurwerk te gaan kijken. We zaten een hele poos naar de hemel te staren, maar er gebeurde niks.

Toen werd er omgeroepen dat de show was afgelast omdat iemand het vuurwerk gisteren buiten in de regen had laten staan en nu was alles doorweekt. Een paar kleine kinderen begonnen te huilen, dus een stel volwassenen probeerde een eigen vuurwerkshow op te voeren.

Gelukkig begon er op dat moment ook een vuurwerkshow op de golfclub, een stukje verderop. Het was een beetje moeilijk te zien over de bomen heen, maar dat kon niemand meer wat schelen.

Dinsdag

Ik zat vanochtend aan de keukentafel de strips te lezen toen ik iets zag waardoor ik bijna mijn cornflakes uitspuugde.

Het was een weer-naar-schoolreclame, twee pagina's groot, zodat alle kinderen het goed konden zien.

Ik kan gewoon niet geloven dat het LEGAAL is om een weer-naar-schoolreclame te plaatsen twee hele maanden voor het schooljaar begint. Iemand die zoiets doet, die heeft echt een hekel aan kinderen.

Nou duiken er natuurlijk óveral van die weer-naar-schooladvertenties op en voor je het weet zegt mam dan dat het tijd is om nieuwe kleren te kopen. En met mam duurt zoiets een hele dag.

Dus ik vroeg aan mam of ik met pap kleren mocht kopen en dat vond ze goed. Ze zag het denk ik als een mooie gelegenheid om de band tussen vader en zoon te versterken.

Maar ik zei tegen pap dat hij gewoon zonder mij moest gaan en dat hij zelf mocht weten wat hij kocht.

Nou DAT was echt een stomme zet, want hij heeft alles bij de drogist gekocht.

En mijn dag was al erg genoeg vóór ik die advertentie zag. Het regende weer vanochtend, dus nadat pap hem had uitgelaten probeerde Hartje bij mij onder de dekens te kruipen.

Ik denk dat ik een beetje uit vorm was, want de hond vond een gat tussen deken en bed en wurmde zich daardoorheen.

En neem van mij aan: er is niks zo angst-aanjagend als met alleen een onderbroek aan onder je dekens gevangenzitten terwijl er een natte hond over je heen kruipt.

Ik zat me nog druk te maken over de hond en die weer-naar-schoolreclame toen mijn dag opeens helemaal veranderde. Mam had een paar foto's geprint van ons dagje in het zwembad en die lagen op de keukentafel.

Op één foto stond een badjuf. Het was op de achtergrond dus je kon het moeilijk zien, maar ik weet bijna zeker dat het Hester van den Heuvel was.

Het was zo druk gisteren dat ik de badmeesters en -juffen niet eens gezien heb. En als dat Hester echt WAS, dan kan ik niet geloven dat ik haar gemist heb.

Hester is de zus van Heleen van den Heuvel, een van de leukste meisjes in mijn klas. Maar Hester zit in de BOVENbouw, en dat is wel een klasse hoger dan de onderbouw.

Die Hester-kwestie verandert mijn standpunt over het gemeentezwembad totaal. Ik begin zelfs over de hele VAKANTIE anders te denken. Door die hond is er thuis geen lol meer aan en ik zag opeens in dat ik snel iets moet doen of de vakantie is mislukt.

Dus vanaf morgen ga ik alles heel anders aanpakken. En hopelijk heb ik tegen de tijd dat de school weer begint een vriendinnetje in de bovenbouw.

Woensdag

Mam vond het echt fijn dat ik vandaag met Max en haar meeging naar het zwembad. Ze zei dat ze trots op me was omdat ik het gezin eindelijk belangrijker vond dan games. Ik zei niks over Hester van den Heuvel tegen haar, want ik wil niet dat mijn moeder zich met mijn liefdesleven bemoeit.

Eenmaal aangekomen wilde ik meteen naar het grote bad rennen om te kijken of ze dienst had. Maar toen bedacht ik dat ik beter voorbereid kon zijn voor het geval ze er echt was.

Dus ik maakte een tussenstop in de wc's en smeerde mezelf helemaal in met zonnebrandolie. Toen deed ik een stuk of wat push-ups en sit-ups om mijn spieren op te pompen.

Ik was denk ik een kwartiertje daarbinnen en stond mezelf in de spiegel te bewonderen toen ik iemand in een wc-hokje zijn keel hoorde schrapen.

Zo, dat was wel behoorlijk gênant, want de vent die daarin zat kon mij dus de hele tijd zien terwijl ik voor de spiegel mijn spieren spande. En als hij een beetje op MIJ leek, kon hij pas naar de wc als hij totale privacy had.

Maar ik bedacht dat degene in het wc-hokje mijn gezicht niet kon zien, dus hij wist in ieder geval niet wie ik was. Ik wilde me net uit de voeten maken toen ik mam voor de deur van de kleedkamer hoorde.

Mam wilde weten waarom het zo lang had geduurd en waarom ik zo 'glom', maar ik keek langs haar heen en checkte alle badmeesterstoelen om te zien of Hester er zat.

En ze zat er echt. Ik liep recht op haar af en ging onder haar stoel staan.

Af en toe zei ik iets grappigs en ik denk dat ik wel indruk op haar maakte.

Ik haalde steeds een beker water voor Hester als het leek alsof ze daar behoefte aan had en als iemand iets fout deed, zei ik er wat van zodat Hester dat niet hoefde te doen.

Als Hesters tijd erop zat en ze naar de volgende stoel moest, ging ik met haar mee. Bij iedere vierde keer kwam ik precies voor mijn moeder terecht. Nou, ik kan je wel vertellen: het is niet makkelijk om cool te blijven als je moeder op anderhalve meter afstand zit.

Ik hoop maar dat Hester weet dat ik ALLES voor haar zou doen. Als ze iemand nodig heeft om haar rug in te smeren of haar af te drogen na een duik in het zwembad, ben ik haar man.

Ik ben bij Hester rond blijven hangen tot het tijd was om naar huis te gaan. Als alles zo blijft gaan als vandaag, bedacht ik op weg naar huis, dan wordt dit ECHT de beste vakantie van mijn leven, net als mam al had voorspeld. Het enige waardoor het nu nog mis kan gaan is die stomme modderige hand. Die duikt natuurlijk precies op het verkeerde moment op en verpest alles.

Woensdag

Ik heb afgelopen week elke dag met Hester doorgebracht.

Ik bedacht wel dat mijn vrienden op school me natuurlijk niet zullen geloven als ik ze over Hester en mij vertel, dus ik vroeg mam of ze een foto van me wilde maken terwijl ik naast de stoel van Hester stond.

Mam had haar camera niet bij zich en moest haar mobieltje gebruiken. Ze snapte maar niet hoe ze daar een foto mee kon maken, dus ik stond daar een hele tijd voor gek.

Eindelijk had ze het juiste knopje te pakken, maar toen had ze de camera weer de verkeerde kant op, dus nam ze een foto van zichzelf. Kijk, dat is nou waarom ik altijd zeg dat volwassenen al die technologie niet waard zijn.

Eindelijk had ik mam zover dat ze de camera op mij richtte, maar precies op dat moment ging haar telefoon en ze nam gewoon op.

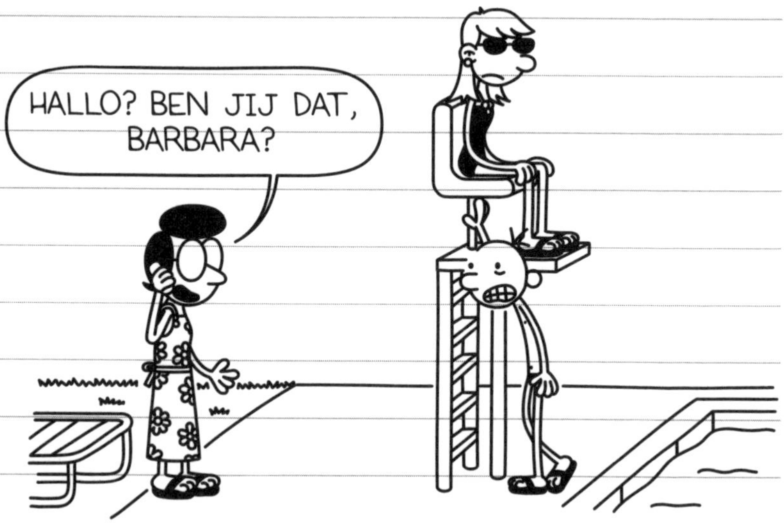

Mam stond wel vijf minuten te kletsen en toen ze eindelijk klaar was, was Hester al op weg naar de volgende stoel. Maar mam nam die foto gewoon tóch.

Vrijdag

Het begint een probleem te worden dat ik met mam mee moet rijden naar het zwembad. Mam wil niet elke dag, en als ze dan gaat, blijft ze maar een paar uur.

Ik wil zo veel mogelijk tijd met Hester doorbrengen, dus vanaf het moment dat het zwembad opengaat tot sluitingstijd. Ik was niet van plan om Rick om een lift te vragen, want ik moet altijd achter in zijn busje zitten en daar zijn geen stoelen.

Ik begreep dat ik mijn EIGEN vervoer nodig had en gelukkig vond ik gisteren de oplossing.

Een van de buren had een fiets aan de straat gezet en ik nam hem mee voor iemand anders het kon doen.

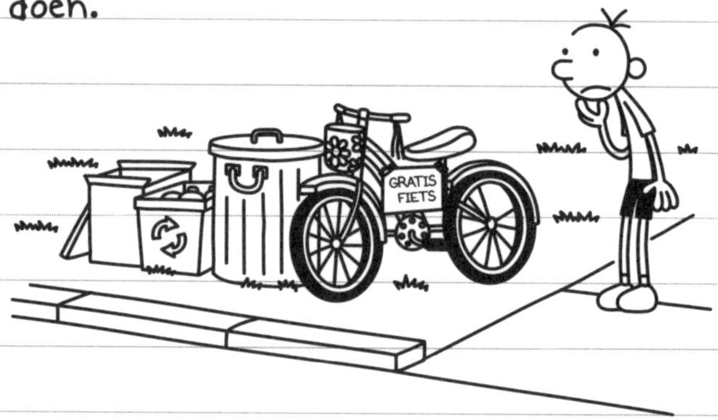

Ik reed erop naar huis en zette hem in de garage. Toen pap hem zag zei hij dat het een 'meisjesfiets' was en dat ik hem weg moest doen.

Maar ik zal je twee redenen geven waarom een meisjesfiets beter is dan een jongensfiets. Ten eerste hebben meisjesfietsen een groot, zacht zadel en dat is heel belangrijk als je in je zwembroek fietst.

Ten tweede hebben meisjesfietsen van die mandjes aan het stuur, dus kun je heel makkelijk je zonnebrand en je Nintendo meenemen. En deze fiets had ook nog een bel, en dat is pas ECHT handig.

Maandag

Ik had natuurlijk moeten weten dat een fiets die bij het oud vuil staat het niet lang vol gaat houden.

Toen ik gisteren van het zwembad naar huis reed begon de fiets enorm te wiebelen en toen knalde het voorwiel eruit. Dus vandaag moest ik toch weer een lift aan mam vragen.

Eenmaal daar zei mam dat ik Max mee moest nemen door de kleedkamer. Ze zei dat hij te oud werd om nog met haar door de dameskleedkamer te gaan, dus daar hebben ze waarschijnlijk dezelfde douchesituatie als bij de heren.

Het had vijf seconden moeten duren om Max van de ene naar de andere kant van de kleedkamer te loodsen, maar het werden tien hele minuten.

Max gaat altijd met mam mee, dus hij was nog nooit in een herenkleedkamer GEWEEST. Hij was heel nieuwsgierig en wilde alles bekijken. Op een gegeven moment moest ik hem zelfs tegenhouden omdat hij zijn handen wilde wassen in een urinoir. Hij dacht dat het een wastafel was.

Ik wilde niet dat Max door de doucheruimte zou lopen en dan zou zien wat ik had gezien. Ik pakte een handdoek uit mijn tas, om voor zijn ogen te houden als we langs die douchemannen liepen. Maar in de twee seconden die ik nodig had om mijn handdoek te pakken was Max verdwenen. En drie keer raden waarheen.

Ik wist dat ik Max moest redden, dus ik kneep mijn ogen stijf dicht en ging naar binnen om hem te verlossen.

Ik was heel bang dat ik een van die douche-mannen aan zou raken en heel even dacht ik dat dat ook gebeurde.

Ik moest mijn ogen opendoen om Max te vinden en toen greep ik hem en maakte dat ik wegkwam.

Toen we aan de andere kant naar buiten kwamen leek Max helemaal in orde, maar ik denk niet dat ik dit zelf ooit nog te boven kom.

Ik wankelde naar mijn plek onder Hesters stoel. Toen haalde ik diep adem om mezelf te kalmeren.

Vijf minuten later begon een of ander kind dat zeker te veel ijs had gegeten achter de stoel van Hester te kotsen. Hester keek achterom en toen naar beneden, alsof ze verwachtte dat ik iets zou doen. Het was natuurlijk nobel van me geweest als ik die rotzooi voor Hester had opgeruimd, maar dat ging me echt te ver.

Hoe dan ook, ik heb de laatste tijd veel nagedacht en ik begrijp nu dat ik deze vakantie-liefde een beetje moet laten bekoelen.

Plus: Hester gaat volgend jaar studeren, en die langeafstandsrelaties gaan meestal toch uit.

AUGUSTUS

Dinsdag

Vandaag kwamen we de Thorbeckes tegen in de supermarkt. Ik en Theo hebben elkaar al meer dan een maand niet gesproken, dus het was best pijnlijk.

Mevrouw Thorbecke vertelde dat ze boodschappen deden voor hun trip naar zee volgende week. Dat vond ik wel irritant, want WIJ zouden daarheen gaan deze zomer. Maar toen vroeg mevrouw Thorbecke iets wat me totaal overdonderde.

Meneer Thorbecke leek niet al te blij, maar voor hij iets kon zeggen kwam mam er al tussendoor.

Volgens mij zat er een luchtje aan het hele voorval. Ik vroeg me af of het misschien gepland was, of mam en mevrouw Thorbecke samenzweerden om mij en Theo weer bij elkaar te brengen.

Geloof me, Theo is wel de LAATSTE persoon waarmee ik een week door wil brengen. Maar toen bedacht ik dat ik wel in de Schedelschudder kon als ik met de Thorbeckes naar zee ging. Dus misschien is mijn vakantie dan toch niet zo'n flop.

Maandag

Toen ik zag waar we zouden overnachten, wist ik dat ik nooit mee had moeten gaan.

Wij huren altijd een appartement in een van die flats aan de boulevard, maar de Thorbeckes logeren in een blokhut op acht kilometer van het strand. We gingen naar binnen en er was geen tv of computer, helemaal NIKS met een scherm.

Ik vroeg hoe we onszelf moesten vermaken en mevrouw Thorbecke zei:

Ik vond het een goeie mop en wilde net tegen Theo zeggen dat zijn moeder echt grappig was toen ze terugkwam met een stapel leesvoer.

Dus nu weet ik ZEKER dat mam vanaf het begin in het complot heeft gezeten.

De Thorbeckes zaten alle drie tot etenstijd in hun boek te lezen. Het warme eten was oké, maar het toetje was smerig. Mevrouw Thorbecke is zo'n moeder die stiekem gezonde dingen in je snacks stopt en haar brownies zaten dus vol spinazie.

Ik vind het geen goed idee om gemalen groenten in kindertoetjes te stoppen, want dan weten ze niet hoe die in het echt horen te smaken.

De eerste keer dat Theo een echte brownie kreeg was toevallig bij mij thuis en geloof me, dat zag er niet lekker uit.

Na het eten moesten we van mevrouw Thorbecke in de woonkamer spelletjes komen doen. Ik hoopte dat we gingen kaarten of zoiets, maar de Thorbeckes vinden heel andere dingen leuk.

De Thorbeckes speelden een spel genaamd 'Ik hou van je want' en toen ik aan de beurt kwam, paste ik.

Daarna deden we Hints en Theo moest een hond uitbeelden.

Rond 21.00 uur zei meneer Thorbecke dat het bedtijd was. Toen ontdekte ik dat de slaap-situatie nog veel erger was dan de amusements-situatie.

Er was maar één bed, dus ik zei tegen Theo dat we een deal konden sluiten: we zouden erom tossen wie het bed zou krijgen en de ander moest dan op de grond slapen.

Maar Theo wierp een blik op het vuile, pluizige vloerkleed en besloot dat hij het er niet op wilde wagen. Ik besloot dat ik ook niet op de grond ging slapen. Dus stapte ik bij Theo in bed en bleef gewoon zo ver mogelijk bij hem uit de buurt.

Theo begon gelijk te snurken, maar ik kon niet echt in slaap komen met mijn halve lijf naast het bed. Ik dommelde net een beetje in toen Theo begon te gillen alsof hij werd aangevallen.

Eén seconde dacht ik dat de modderige hand ons nu dan toch te pakken had gekregen.

Theo's ouders kwamen binnenrennen om te kijken wat er gebeurd was.

Theo zei dat hij een nachtmerrie had waarin er een kip onder hem verstopt lag.

Dus Theo's ouders waren twintig minuten bezig om hem te kalmeren en hem te vertellen dat het alleen maar een nare droom was en dat er echt geen kip was.

Ik was uit bed gevallen, plat op mijn gezicht, maar om mij maakte niemand zich druk.

De rest van de nacht sliep Theo bij zijn ouders op de kamer en dat vond ik best: zonder Theo zijn kippendromen heb ik heerlijk geslapen.

Woensdag

Ik zit nu al drie dagen vast in deze blokhut en ik word echt gek.

Ik heb meneer en mevrouw Thorbecke gevraagd of we naar de boulevard konden gaan, maar zij zeggen dat het daar te 'lawaaierig' is.

Ik heb nog nooit zo lang zonder tv of computer of games gedaan en ik word langzamerhand wanhopig. Als meneer Thorbecke 's avonds laat op zijn laptop zit te werken, sluip ik naar beneden en kijk naar hem, gewoon om een glimp van de buitenwereld op te vangen.

Ik heb al een paar keer gevraagd of ik op meneer Thorbeckes laptop mag, maar hij zegt dat het zijn 'werk-pc' is en dat hij niet wil dat ik er een zootje van maak. Maar gisteravond kon ik er echt niet meer tegen, dus deed ik iets riskants.

Toen meneer Thorbecke even naar de wc ging, zag ik mijn kans schoon.

Ik rammelde zo snel ik kon een e-mail aan mam, rende toen naar boven en kroop in bed.

Aan: Botermans, Suzan
Onderwerp: SOS

HELP HELP HAAL ME HIER WEG IK WORD GEK VAN DEZE MENSEN.

Toen ik de volgende dag beneden kwam, was meneer Thorbecke niet echt blij om me te zien.

Wat bleek? Ik had die e-mail via het werkadres van meneer Thorbecke verstuurd en mam had antwoord gegeven.

Aan: Thorbecke, Robert
Onderwerp: RE: SOS

GEZINSVAKANTIES KUNNEN EEN ECHTE UITDAGING ZIJN! GEDRAAGT BRAM ZICH EEN BEETJE?

Suzan

Ik dacht dat meneer Thorbecke me de volle laag zou geven, maar hij zei helemaal niks. Toen zei mevrouw Thorbecke dat we misschien later op de dag een paar uur naar de boulevard konden gaan.

Nou, meer heb ik nooit gevraagd. Ik heb maar een paar uur nodig.

Eén ritje in de Schedelschudder en deze hele trip is niet voor niets geweest.

Vrijdag

Ik ben twee dagen eerder terug van de zee dan gepland en als je wilt weten waarom: dat is een lang verhaal.

De Thorbeckes gingen gistermiddag met mij en Theo naar de boulevard. Ik wilde meteen in de Schedelschudder, maar de rij was te lang, dus we besloten om eerst wat te eten te halen en later terug te komen.

We gingen een ijsje kopen, maar mevrouw Thorbecke bestelde maar één hoorntje voor ons vieren.

Mam had me twintig euro meegegeven voor aan het strand en ik heb vijftien euro verspild bij één kraam.

Ik probeerde een enorme knuffelrups te winnen, maar ik denk dat ze die spellen zo hebben afgesteld dat je nooit kunt winnen.

Theo keek toe terwijl ik mijn vijftien euro verloor en daarna vroeg hij zijn vader om PRECIES dezelfde reuzenrups te kopen in een winkel ernaast. En het rottige is dat dat beest hem maar acht euro kostte.

Ik vind dat een heel domme zet van meneer Thorbecke. Nu voelt Theo zich een winnaar terwijl hij het niet is.

Daar heb ik zelf ook ervaring mee. Toen ik vorig jaar in het zwemteam zat, werd ik een keer uitgenodigd voor een speciale zwemwedstrijd op zondag.

Eenmaal daar realiseerde ik me dat de GOEDE zwemmers er allemaal niet waren. Er waren alleen kinderen die nog nooit een prijs hadden gewonnen.

Eerst was ik best blij, want ik dacht dat ik misschien eindelijk een keer iets ging WINNEN.

Maar ik deed het nog steeds niet goed. Op de 100 meter vrije slag raakte ik zo uitgeteld dat ik het laatste baantje moest LOPEN.

Maar ik werd niet eens gediskwalificeerd. En aan het eind van de avond kreeg ik een vaantje met nummer 1 erop. Mijn ouders reikten het uit.

Feitelijk kreeg IEDEREEN een vaantje met nummer 1 erop, zelfs Tommie Lam, die tijdens de rugslag omdraaide en de verkeerde kant op zwom.

Ik kwam helemaal in de war thuis. Maar Rick zag mijn kampioensvaantje en legde het uit.

Hij zei dat die kampioenswedstrijd gewoon voor de show is, bedacht door ouders om hun kinderen het gevoel te geven dat ze winnaars zijn.

Ouders denken blijkbaar dat ze hun kinderen daar een plezier mee doen, maar als je het mij vraagt krijgen kinderen daar later alleen maar meer problemen door.

Ik weet nog dat ik op kleuterhonkbal zat en dat er altijd werd gejuicht, ook als je uit sloeg. Maar het jaar daarop zat ik in een hoger team en toen werd ik door iedereen uitgejouwd als ik een bal liet vallen of zoiets.

Wat ik zeggen wil: als Theo's ouders hem een goed gevoel willen geven, dan kunnen ze dat niet alleen maar doen nu hij nog een kind is. Dan moeten ze het tot het eind volhouden.

Na dat rupsengedoe slenterden we heen en weer over de boulevard, wachtend tot de rij voor de Schedelschudder een beetje korter zou worden. En toen zag ik iets wat mijn aandacht trok.

Het was het meisje van Ricks sleutelhanger. Maar je gelooft het niet: ze was niet echt. Ze was van BORDKARTON.

Ik schaamde me dood dat ik ooit had gedacht dat ze echt was. En toen realiseerde ik me dat ik mijn EIGEN sleutelhanger kon kopen om indruk te maken op al die gasten op school. Misschien kon ik er zelfs wat aan verdienen door ze voor elke keer kijken geld te vragen.

Ik betaalde de twee euro en poseerde voor de foto. Helaas gingen de Thorbeckes erbij staan, dus nu is mijn sleutelhanger totaal waardeloos.

Ik was echt kwaad, maar vergat het meteen toen ik zag dat er nog maar een paar mensen in de rij stonden voor de Schedelschudder. Ik rende erheen en kocht met mijn laatste drie euro een kaartje.

Ik dacht dat Theo vlak achter me stond, maar die bleef op drie meter afstand. Hij durfde blijkbaar niet.

Ik begon zelf ook te twijfelen, maar het was al te laat. Nadat ik was vastgesjord en de kooi op slot ging, wist ik dat er geen weg terug meer was.

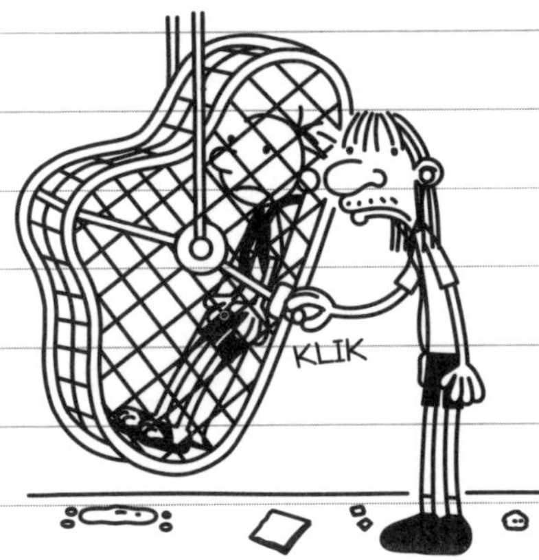

Nou, ik wou maar dat ik wat langer had gekeken wat die Schedelschudder nou eigenlijk met je DOET, want dan was ik er nooit in gegaan.

Hij draait je een miljoen keer ondersteboven, smijt je dan recht naar beneden tot je gezicht vlak boven de grond is en daarna gooit hij je weer tollend de lucht in.

En de kooi waar je in zit kraakt de hele tijd en de schroeven zien eruit alsof ze elk moment los kunnen komen. Ik probeerde de rit te laten stoppen, maar niemand kon me horen door die stampende heavy metal.

Ik ben in mijn hele leven nog nooit zo misselijk geweest. En als ik dat zeg, bedoel ik dat het zelfs erger was dan die keer in het zwembad dat ik Max uit de douches moest halen. Als je dit moet kunnen om een 'man' te zijn, ben ik er absoluut nog niet klaar voor.

Toen het eindelijk voorbij was kon ik nauwelijks meer lopen. Dus ging ik op een bankje zitten wachten tot de boulevard niet meer ronddraaide.

Ik bleef daar een hele tijd zitten en probeerde uit alle macht om niet over te geven terwijl Theo ritjes maakte die meer bij zijn tempo pasten.

Toen Theo klaar was met zijn kinderdingen, kocht zijn vader een ballon en een T-shirt voor hem in de souvenirwinkel.

Een halfuur later durfde ik eindelijk weer te staan en rond te lopen. Maar toen ik overeind kwam, zei meneer Thorbecke dat het tijd was om naar huis te gaan.

Ik vroeg of we nog even mochten gamen in de speelhal en hij zei ja, al keek hij niet al te blij.

Ik had al mams geld al uitgegeven, dus zei ik tegen meneer Thorbecke dat vijftien euro wel genoeg zou zijn. Maar meer dan een briefje van vijf wilde hij niet geven.

Meneer en mevrouw Thorbecke vonden de speelhal denk ik te druk, want ze zeiden dat we alleen naar binnen moesten en dat we elkaar dan tien minuten later buiten weer zouden zien.

Helemaal achter in de speelhal hebben ze een game die Donderslag heet. Daar ging ik naartoe. Vorig jaar heb ik daar wel vijftig euro in gestopt en toen had ik de hoogste score. Ik wilde dat Theo mijn naam boven aan de ranglijst zag staan, want ik wilde hem laten zien hoe het is om zelf iets te winnen, in plaats van alles zomaar te krijgen.

Nou, mijn naam stond nog steeds bovenaan, maar de nummer twee was zeker jaloers omdat hij me niet kon verslaan.

Ik trok de stekker uit het stopcontact om die topscores uit te wissen, maar ze stonden voorgoed in het scherm gebrand.

Eerst wou ik ons geld gewoon aan een andere game uitgeven, maar toen herinnerde ik me een truc van Rick en ik realiseerde me dat we nog veel langer lol konden hebben van ons briefje.

Ik en Theo liepen naar buiten en gingen onder het plankier van de boulevard staan. Toen stak ik het briefje van vijf tussen de houten planken door en wachtte op ons eerste slachtoffer.

Uiteindelijk zag een gozer het briefje uit de planken steken.

Toen hij het wilde pakken, trok ik het briefje op het laatste moment terug.

Ik moet het Rick nageven, dit was echt lachen.

Maar die gasten waren niet echt blij en kwamen ons achterna. Ik en Theo renden zo hard we konden weg en stopten pas toen we zeker wisten dat we die kerels hadden afgeschud.

Toch voelde ik me nog STEEDS niet veilig. Ik vroeg Theo of hij me niet een paar karatetrappen kon leren zodat we die lui konden aanpakken als ze ons vonden.

Maar Theo zei dat hij een gouden band heeft in karate en dat hij zijn moves niet ging leren aan een 'geenbander'.

We verstopten ons nog een tijdje, maar die lui kwamen niet meer opdagen dus uiteindelijk besloten we dat de kust veilig was. Toen zagen we pas dat we onder Kinderland stonden, met een nieuwe reeks slachtoffertjes voor de eurotruc boven onze hoofden. En deze kids reageerden ook nog eens VEEL beter dan die tieners.

Maar een van die kids was heel erg snel en pakte het briefje voor ik het terug kon trekken. Dus ik en Theo moesten het plankier op om het terug te vragen.

Dat ventje wou alleen niet toegeven. Ik probeerde hem het concept van persoonlijk eigendom uit te leggen, en nog STEEDS wou hij ons geld niet teruggeven.

Ik raakte behoorlijk gefrustreerd door dat joch en toen doken de ouders van Theo op. Ik was blij ze te zien want ik dacht: als IEMAND dit kereltje kan overtuigen, is het meneer Thorbecke wel.

Maar meneer Thorbecke was kwaad, en dan bedoel ik ECHT kwaad. Hij zei dat hij en mevrouw Thorbecke ons al een uur lang aan het zoeken waren en dat ze bijna de politie hadden gebeld om ons als vermist op te geven.

Toen zei hij dat we naar de auto gingen. Maar op weg naar de parkeerplaats kwamen we langs de speelhal. Ik vroeg of we nog wat geld mochten omdat we dat eerste briefje nooit hadden gebruikt.

Ik denk dat ik dat beter niet had kunnen vragen, want meneer Thorbecke nam ons zonder nog iets te zeggen mee naar de auto.

Terug in de blokhut stuurde meneer Thorbecke mij en Theo direct naar onze kamer. Dat was echt balen, want het was pas 20.00 uur en nog licht buiten.

Maar meneer Thorbecke zei dat we meteen naar bed moesten en dat hij tot de volgende ochtend geen kik meer wilde horen. Theo nam het zwaar op. Hij stelde zich echt aan, het leek wel alsof hij nog nooit ruzie met zijn vader had gehad.

Ik besloot hem op te vrolijken. Ik liep over het vloerkleed heen en weer tot ik statisch was en gaf Theo voor de grap een elektrische schok.

Dat schudde Theo wakker. Hij liep vijf minuten rondjes terwijl hij met zijn voeten over het tapijt wreef en pakte me terug toen ik mijn tanden stond te poetsen.

Ik kon Theo natuurlijk niet laten winnen, dus toen hij in bed stapte pakte ik zijn ballon, trok het elastiek eraf en liet hem schieten.

Als ik het over mocht doen, zou ik misschien iets minder hard trekken.

Zodra Theo de rode striem op zijn arm zag begon hij te schreeuwen en ik wist dat dat de aandacht zou trekken. En inderdaad, zijn ouders stonden binnen vijf seconden in onze kamer.

Ik probeerde uit te leggen dat de striem op zijn arm van het elastiek kwam, maar dat leek de Thorbeckes niks uit te maken.

Ze belden mijn ouders en twee uur later kwam pap me ophalen bij de blokhut.

Maandag

Pap is echt kwaad dat hij vier uur heeft moeten rijden om me op te halen. Maar mam was helemaal niet boos. Zij noemde het voorval tussen Theo en mij gewoon een beetje 'lol trappen' en ze zei dat ze blij was dat we weer 'maatjes' waren.

Maar pap is nog steeds kwaad en hij doet heel koeltjes tegen me sinds ik terug ben. Mam wil graag dat we samen iets gaan doen, bijvoorbeeld een filmpje pakken, zodat we 'vrede kunnen sluiten', maar ik denk dat pap en ik elkaar op dit moment het beste uit de weg kunnen gaan.

Trouwens, ik denk dat pap nog wel even chagrijnig blijft en dat komt niet alleen door mij. Toen ik vandaag in de krant keek, zag ik dit in de kunstbijlage:

Kunst

Geliefde strip wordt voortgezet

Tycho Post gaat de nieuwe 'Klein Schatje'-strips tekenen. De eerste zal volgende week zondag in de krant verschijnen.

'Klein Schatje' zal worden voortgezet door de zoon van de tekenaar.

Een verbluffende ontwikkeling: Tycho Post, zoon van 'Klein Schatje'-tekenaar Bob Post, zal de pen opnemen en zijn vaders langlopende cartoon vervolgen.

'Ik had geen baan en geen grootse plannen, dus ik dacht: hoe moeilijk kan het zijn?' zei Tycho, die met zijn 32 jaar nog steeds bij zijn vader woont. Algemeen wordt aangenomen dat het personage in 'Klein Schatje' gebaseerd is

Zie **Klein Schatje**, pagina 2

Verwant bericht: *Bewoners Rust Staete dolgelukkig*

Gisteravond kwam pap naar mijn kamer. Het was de eerste keer in drie dagen dat we iets tegen elkaar zeiden. Hij zei dat hij even wilde checken of ik zondag thuis was en ik zei ja.

Later hoorde ik hem met iemand bellen en hij deed nogal geheimzinnig.

Daarna vroeg ik pap of hij me zondag ergens mee naartoe ging nemen en daar werd hij helemaal ongemakkelijk van. Hij zei nee, maar hij durfde me niet aan te kijken.

Nu wist ik dat pap loog en ik werd ongerust. Pap is ook wel eens van plan geweest om me naar een legerkamp te sturen, dus ik zie hem overal voor aan.

Ik wist niet wat ik moest doen, dus ik vertelde Rick wat er aan de hand was en vroeg of hij een idee had wat pap van plan was. Hij zei dat hij erover na moest denken en even later kwam hij naar mijn kamer en deed de deur achter zich dicht.

Rick zei dat hij dacht dat pap zo kwaad op me was over dat hele Theo-gedoe dat hij me weg ging sturen.

Ik wist niet of ik hem moest geloven, want Rick is niet altijd 100% betrouwbaar. Maar Rick zei dat ik maar eens in paps agenda moest kijken als ik hem niet geloofde. Dus ik ging naar paps werkkamer en keek in zijn agenda bij zondag en dit stond er:

Ik weet bijna zeker dat Rick me voor de gek hield, want het leek wel heel erg op zijn eigen handschrift. Maar pap is een onvoorspelbare kerel, dus ik weet zondag pas echt waar ik aan toe ben.

Zondag

Het goede nieuws is dat pap me vandaag niet heeft verkocht of weggegeven aan een weeshuis. Het slechte nieuws is dat hij dat na vandaag waarschijnlijk alsnog gaat doen.

Om 10.00 uur vanmorgen zei pap dat we samen naar de stad gingen. Toen ik vroeg wat we daar gingen doen, zei hij dat dat een 'verrassing' was.

Onderweg moesten we tanken. Pap had een kaart en een routebeschrijving op het dashboard laten liggen, dus nu wist ik waar we heen gingen: Baaiweg 120.

Nou, ik was behoorlijk wanhopig, dus voor de allereerste keer gebruikte ik mijn Lieveheersbeest.

Ik was net klaar met bellen toen pap instapte, en we reden de stad in. Ik wou maar dat ik wat beter op die kaart gekeken had, want toen we de Baaiweg in reden, zag ik dat het de parkeerplaats van het honkbalstadion was. Maar toen was het al te laat.

Wat blijkt? Mam had kaartjes voor de wedstrijd gekocht zodat we een speciale vader-zoonmiddag konden hebben en pap wilde dat het een verrassing was.

Maar het kostte pap heel wat moeite om dat aan die agenten uit te leggen. Toen de politie hem eindelijk geloofde, had pap geen zin meer in een honkbalwedstrijd, dus hij bracht me gewoon naar huis.

Ik baalde wel, want mam had plaatsen op de derde rij voor ons gekocht en zo te zien waren die peperduur geweest.

Dinsdag

Ik heb eindelijk ontdekt waar dat telefoontje laatst over ging. Pap belde met oma en ze hadden het over Hartje, niet over mij.

Pap en mam hadden besloten om de hond aan oma te geven en pap heeft hem zondagavond weggebracht. Om eerlijk te zijn denk ik niet dat iemand hem hier echt gaat missen.

Ik en pap hebben sindsdien geen woord meer tegen elkaar gezegd en ik zoek steeds redenen om niet thuis te hoeven zijn. Gisteren vond ik een heel goeie. Er was een reclame op tv voor een bedrijf dat de Game Hut heet, en daar koop ik al mijn games.

Ze organiseren een gamewedstrijd. Eerst moet je in de winkel in je eigen buurt spelen, en als je daar wint mag je naar de landelijke finale. En wie DIE wint, krijgt een miljoen.

De wedstrijd in mijn eigen winkel is op zaterdag. Ik weet zeker dat er een massa mensen op afkomt, dus ik ga er supervroeg heen om zeker te zijn van een goeie plaats in de rij.

Dat heb ik van Rick geleerd. Als hij kaartjes voor een concert wil, kampeert hij de avond ervoor op de stoep. Zo heeft hij Wim leren kennen, de zanger van zijn band.

Theo gaat voortdurend kamperen met zijn vader, dus ik wist dat hij een tent had. Ik belde hem op en vertelde over de gamewedstrijd en dat we een miljoen konden winnen, maar Theo deed heel zenuwachtig aan de telefoon.

Hij dacht zeker nog steeds dat ik elektrische superkrachten had en ik kon hem alleen maar kalmeren door te beloven dat ik ze niet tegen hem zou gebruiken.

Zelfs toen we dat hadden afgesproken, leek kamperen Theo nog steeds niet zo'n goed idee. Hij zei dat hij mij de rest van de vakantie niet meer mocht zien van zijn ouders.

Dat had ik wel gedacht, maar daar had ik iets op verzonnen. Ik zei tegen Theo dat ik tegen mijn ouders zou zeggen dat ik bij hem ging logeren en hij moest tegen zijn ouders zeggen dat hij bij Cor ging logeren.

Theo wist het nog STEEDS niet zeker, dus ik zei dat hij een doos gummiberen zou krijgen als hij kwam en dat trok hem over de streep.

Zaterdag

We hadden gisteravond om 21.00 uur afgesproken op de top van de heuvel. Theo had de kampeerspullen en de slaapzak bij zich en ik de zaklamp en een paar chocolade-energierepen.

Ik had de gummiberen op dat moment nog niet bij me, maar ik beloofde Theo dat ik ze voor hem zou kopen zodra ik de kans kreeg.

Het was ongelooflijk, maar toen we bij de Game Hut kwamen was er verder nog helemaal niemand.

Dus we zetten voor de winkel onze tent op voor iemand onze plek kon inpikken.

Toen bewaakten we de deur om er zeker van te zijn dat niemand zou voordringen.

Ik bedacht dat we onze plek het best veilig konden stellen door om de beurt te slapen. Ik bood zelfs aan om de eerste wacht te nemen zodat Theo kon slapen, want zo iemand ben ik nu eenmaal.

Toen mijn wacht om was maakte ik Theo wakker, maar hij viel binnen vijf seconden weer in slaap. Dus ik schudde hem wakker en zei dat hij alert moest blijven.

Theo probeerde zichzelf niet eens te verdedigen. Ik moest er dus ZELF voor zorgen dat niemand voor zou dringen, dus ik bleef de hele nacht wakker. Tegen 9.00 uur 's morgens kreeg ik echt moeite om mijn ogen open te houden, dus ik at allebei de energierepen op om wakker te blijven.

Mijn handen zaten onder de chocola en toen kreeg ik een idee. Ik ritste de tent open, gleed met mijn hand naar binnen en liet hem spinachtig rondkruipen.

Het leek me leuk als Theo zou denken dat het de modderige hand was. Er kwam geen geluid uit de tent, dus ik dacht dat Theo nog sliep. Maar voor ik de kans kreeg om de flap omhoog te doen en te kijken, werd mijn hand aan diggelen geslagen.

Ik trok mijn hand snel terug maar mijn duim begon al paars te worden.

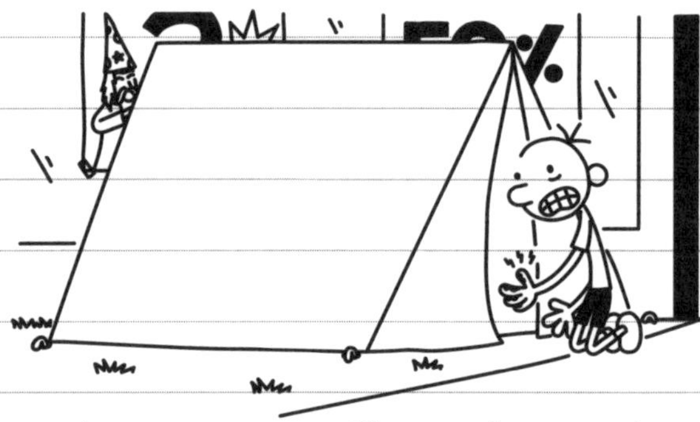

Ik was echt pissig op Theo. Niet omdat hij met een hamer op mijn hand had geslagen, maar omdat hij dacht dat zoiets de modderige hand zou stoppen.

Iedere gek weet dat je een modderige hand alleen met vuur of zuur kunt stoppen. Een hamer maakt hem alleen maar boos.

Ik wilde Theo net flink de waarheid zeggen, maar toen kwam die vent van de Game Hut en deed de deur open. Ik probeerde de kloppende pijn in mijn duim te negeren en richtte me op de reden voor onze komst.

Die vent van de Game Hut wilde weten waarom de tent voor de winkel stond, dus ik vertelde dat we mee wilden doen aan de gamewedstrijd. Maar hij wist niet eens waar ik het over had.

Dus moest ik hem de poster op het raam laten zien om hem op de hoogte te brengen.

De medewerker zei dat de winkel niet echt was voorbereid op een gametoernooi, maar omdat we maar met z'n tweeën waren konden we misschien gewoon tegen elkaar spelen in het achterkamertje.

Ik was eerst best geïrriteerd, maar toen realiseerde ik me dat ik dus alleen maar van Theo hoefde te winnen. Het werd een strijd op leven en dood in Twisted Wizard. Ik had bijna medelijden met Theo, want ik ben een expert in die game. Maar tijdens het spelen merkte ik dat mijn duim zo was toegetakeld dat ik de knoppen op de controller niet kon indrukken.

Ik kon alleen maar rondjes rennen terwijl Theo me keer op keer neerschoot.

Theo versloeg me met 15-0. De winkelbediende zei dat Theo de wedstrijd had gewonnen en dat hij mocht kiezen: hij kon zich inschrijven voor het nationale toernooi, of hij kon een gigadoos chocoladerozijnen krijgen.

Je kunt vast wel bedenken waar Theo voor koos.

Zondag

Weet je, ik had gewoon moeten doen wat ik eerst van plan was en de hele zomer binnen moeten blijven, want al mijn problemen zijn begonnen op het moment dat ik de deur uit stapte.

Ik heb Theo niet meer gezien sinds hij die gametitel van me heeft gepikt en pap zegt niks meer tegen me sinds die bijna-arrestatie.

Maar ik denk dat het met pap en mij sinds vandaag weer de goeie kant op gaat. Weet je nog, dat bericht over dat 'Klein Schatje' van vader op zoon werd doorgegeven?

Nou, de eerste strip van de zoon stond vandaag in de krant en het lijkt erop dat de nieuwe 'Klein Schatje' nog erger wordt dan de oude.

Papa, waarom heb ik maar zes haren?

Ik liet hem aan pap zien en hij was het helemaal met me eens.

Op dat moment begreep ik dat het wel goed komt tussen ons. Ik en pap denken niet overal hetzelfde over, maar wel over de belangrijke dingen.

Er zijn misschien mensen die vinden dat je geen relatie kunt baseren op de hekel aan een strip, maar ik en pap hebben aan heel VEEL dezelfde dingen een hekel.

Ik en pap hebben misschien niet zo'n hechte vader-zoonrelatie, maar dat vind ik prima. Ik weet nu dat relaties ook TE hecht kunnen zijn.

Mam maakte vandaag haar fotoalbum af en toen begreep ik dat de vakantie er bijna op zit. Ik bladerde erdoorheen en om eerlijk te zijn vind ik het geen correcte weergave van onze zomer. Maar ik denk dat degene die de foto's maakt ook degene is die het verhaal mag vertellen.

'Beste zomer ooit!'

Lezen is Leuk
De Lezen Is Leuk Club
zegt nee tegen
videogames

En nu kan Bram
niet meer stoppen
met lezen!

Bram speelt
verstoppertje met
een vakantievriend

Precies wat ik wilde hebben!

Drie generaties Botermansmannen samen aan de brunch

Rick zegt: We hebben geen strand nodig!

Een magische feestdag

Spetter-spat! Bram heeft veel lol in het zwembad

Oeps!
Mam verschijnt op de foto

Cool! Bram is dikke maatjes met de badmeester

Beste vrienden!

DANKWOORD

Ik bedank alle fans van de *Loser*-serie omdat ze me de inspiratie en de motivatie geven om deze verhalen te schrijven. Ik bedank alle boekhandelaren in het hele land die kinderen mijn boeken in de hand drukken.

Ik bedank mijn familie voor al hun liefde en steun. Het was tof om deze ervaring met jullie te delen.

Ik bedank de mensen bij Abrams die hard hebben gewerkt aan de uitgave van dit boek en met name mijn redacteur Charlie Kochman, mijn publiciteitsagent Jason Wells en Scott Auerbach, de beste hoofdredacteur die er bestaat.

Ik bedank alle mensen in Hollywood die zo hard hebben gewerkt om Bram Botermans tot leven te wekken, met name Nina, Brad, Carla, Riley, Elizabeth en Thor. En Sylvie en Keith: bedankt voor jullie hulp en begeleiding.

OVER DE SCHRIJVER

Jeff Kinney ontwerpt en ontwikkelt online games en stond met de boeken in de Loser-serie op nummer 1 van *The New York Times*-bestsellerlijst. In 2009 werd hij door *Time Magazine* uitgeroepen tot een van de honderd meest invloedrijke mensen ter wereld. Hij is opgegroeid in de omgeving van Washington D.C. en in 1995 verhuisd naar New England. Jeff woont in het zuiden van Massachusetts met zijn vrouw en hun twee zonen.